헬게이트
HELLGATE

2

김강현 판타지 장편소설

FANTASY STORY & ADVENTURE

dream
books
드림북스

헬게이트 2

열려는 자와 닫으려는 자

초판 1쇄 인쇄 / 2014년 1월 29일
초판 1쇄 발행 / 2014년 2월 14일

지은이 / 김강현

발행인 / 오영배
책임편집 / 편집부
펴낸 곳 / (주)삼양출판사 · 드림북스

주소 / 서울특별시 강북구 솔샘로67길 92
대표 전화 / 02-980-2112 팩스 / 02-983-0660
편집부 전화 / 02-980-2116 팩스 / 02-983-8201
블로그 / blog.naver.com/dreambookss

등록번호 / 제9-00046호
등록일자 / 1999년 3월 11일

ISBN 978-89-542-5429-8 (04810) / 978-89-542-5427-4 (세트)

* 지은이와 협의하에 인지는 생략합니다.
* 잘못된 책은 구입한 곳에서 바꾸어 드립니다.

이 도서의 국립중앙도서관 출판시도서목록(CIP)은 서지정보유통지원시스홈페이지(http://seoji.nl.go.kr)와
국가자료공동목록시스템(http://www.nl.go.kr/kolisnet)에서 이용하실 수 있습니다.
(CIP제어번호: 2014002469)

헬게이트 HELLGATE

열려는 자와
닫으려는 자

2

FANTASY STORY & ADVENTURE

김강현 판타지 장편소설

★
dream
books
드림북스

차례

Chapter 1
릴리 폰 에델슈타인

침대에 누운 카이엔은 생각에 잠겼다.

에델슈타인 자작가의 둘째 딸인 릴리 폰 에델슈타인은 이미 예전에 카이엔과 약혼까지 했던 사이였다. 하지만 헬게이트 원정으로 인해 그 둘은 자연스럽게 파혼했다.

한데 이제 와서 끊어졌던 양 가문의 끈을 다시 억지로 이으려는 것이다.

"릴리라……."

솔직히 잘 기억도 나지 않았다. 어렴풋이 그런 여자가 있었다는 정도만 떠오를 뿐이었다.

그녀와의 파혼 후 무려 30년이 지났다. 다른 사람들에게는 고작 몇 달 전의 일에 불과하지만, 카이엔에게는 그렇지 않았다. 카이엔은 당시의 감정이 어땠는지도 잘 기억이 나지 않았다.

"정혼만 했지 자주 만나지도 않았던 것 같은데…….'"

기억이 가물가물하긴 했지만, 릴리와 깊은 관계가 아니었다는 것은 확실했다.

"내가 좋아했던가?"

카이엔은 고개를 갸웃거렸다. 꼭 그런 감정이 있었던 건 아닌 듯했다. 사실 정략결혼에 훨씬 가까웠다.

그럼 릴리는 어땠을까? 그녀의 감정이 어땠는지는 그때도 몰랐으니 당연히 지금도 알 리 없었다.

"그래도 싫어하지는 않았겠지?"

『우와! 자신감이 너무 지나치신 거 아닙니까? 우헤헤헷!』

"넌 그러고 있어도 돼?"

『예? 제가 이러고 있지 않으면 어쩌고 있으란 말입니까? 가서 밥이라도 할까요? 우헤헤헤헷!』

카이엔이 슬그머니 그림자에 발을 올려 딜룬의 웃음을 멈추게 만들었다.

"바움 숲에 안 가 봐도 돼? 에르미스가 뭘 하고 있을지 모르는데."

딜룬이 흠칫했다. 생각해 보니 에르미스는 헬게이트를 상대하러 가는 셈이었다. 자칫 뭔가 잘못되기라도 하면 큰일이 벌어질 수도 있었다.

『주인님! 저 다녀오겠습니다!』

딜룬은 카이엔이 말릴 새도 없이 후다닥 사라져 버렸다. 에르미스를 지켜보기 위해 바움 숲으로 달려간 것이다.

『괜히 모습 드러내지 말고 몰래 지켜만 봐.』

『우혜혜혯! 걱정 마십시오! 제가 누굽니까! 마계 공작 딜룬입니다! 딜룬!』

『그래서 걱정이다.』

『우혜혜혜혯! 농담이 심하시군요. 우혜혜혯!』

카이엔은 고개를 저었다. 어느새 딜룬은 수도를 벗어날 정도로 멀어졌다. 예전 처음 바움 숲에 갈 때와는 차원이 다른 속도였다.

"에르미스랑 한동안 떨어져 있더니 힘이 펄펄 나는 모양이군."

딜룬은 근본이 마족이다. 그렇기에 강한 신성력을 가진 에르미스와 함께 있으면 계속해서 힘이 빠져나간다.

그동안 그렇게 힘이 빠진다고 투덜대더니 이제야 좀 힘이 나는 듯했다. 물론 조만간 다시 힘이 쭉쭉 빠져나가겠지만 말이다.

카이엔은 딜룬이나 에르미스에 대한 생각은 접고 다시 자신의 문제로 돌아왔다.

"혼례라……."

생각해 보면 가정을 이루는 것도 나쁘지 않았다. 하지만 지금은 아니었다. 아직 찾지 못한 헬게이트가 두 개나 더 있었다.

그리고 누구와 결혼할 건지는 스스로 결정하고 싶었다. 가문이 밀어 주는 짝과 아무 감정 없는 결혼 생활을 이어갈 생각은 없었다.

"일단 만나 볼까?"

굳이 피할 이유가 없었다. 과연 어떤 감정이 들지 한번 만나 보는 것도 나쁘지 않았다.

카이엔은 자리에서 일어나 창가로 걸어갔다. 카이엔의 방은 저택에서 가장 높은 곳이었기에 창밖으로 분주하게 움직이는 수많은 사람이 보였다.

"꼭 파티라도 준비하는 것 같군."

카이엔은 그렇게 중얼거리며 피식 웃었다. 왜 다들 저렇게 바쁜지 깨달았다. 브리케 백작이 릴리를 초대한 것이 분명했다.

"그나저나 그런 식으로 파혼했는데도 다시 오다니, 우리 가문이 에델슈타인 자작가가 그렇게 목맬 정도로 대단했나?"

에델슈타인 자작가는 재력으로 유명한 가문이었다. 수많은 사업체를 거느리고 있으며, 하루에 벌어들이는 돈이 얼마인지 계산이 벅찰 정도로 부유한 가문이었다.

반면 브리케 백작가는 그야말로 평범한 가문이었다. 재력도 무력도 다 평범했다. 정계에 대한 영향력도 별로 없었고, 가주나 가신의 능력조차 평범했다.

그러던 것이 지난 헬게이트 원정에 카이엔을 보내면서 약간 사정이 나아졌다. 하지만 그건 그야말로 아주 약간이었다. 다른 가문 입장에서 보면 브리케 백작가는 원정 전이나 후가 별로 달라지지 않았다.

한데 그런 브리케 백작가에 뭐가 있다고 굳이 끊어진 관계를 다시 이으려 한단 말인가.

"설마 릴리가 날 좋아했을 리는 없고……."

릴리와는 약혼을 하긴 했지만, 오랫동안 교류를 이어온 사이가 아니었다. 애정보다는 정략에 훨씬 가깝다는 것이 카이엔의 판단이었다.

카이엔이 생각에 잠긴 사이, 저택 정문이 활짝 열리더니 화려하게 치장된 사두마차 한 대가 우아하게 들어왔다.

"빠르기도 해라."

모르는 사람이 보면 양측이 무리하게 결혼을 서두르는 걸로 받아들일 것이다. 하지만 그럴 리는 없었다. 양측 모두가 추진력이 뛰어난 것뿐이리라.

카이엔은 릴리의 얼굴이나 한번 보기로 결정했다. 어차피 그는 약혼이나 혼례를 올릴 생각이 없었다. 그러니 자기 생각을 확실히 전해 주는 편이 나았다. 혹시라도 몰래 일을 진행할 수도 있으니까. 브리케 백작은 충분히 그러고도 남았다.

카이엔은 느긋하게 앉아서 기다렸다. 아마 조만간 누군가가 방문을 두드리리라.

똑똑똑.

예상대로 노크 소리가 들렸다. 카이엔이 가볍게 눈짓하자 문이 스르르 열렸다. 누군가가 옆에서 봤다면 경악해서 턱이 빠질 만한 광경이었다.

열린 문밖에는 백작가의 집사가 서 있었다. 예상과 달리 멀리 떨어진 곳에 앉은 카이엔과 눈이 마주친 집사는 잠시 어리둥절한 표정을 지었지만 능숙한 태도로 금세 표정을 수습했다.

집사가 정중히 허리를 숙였다.

"오늘 에델슈타인 자작가의 둘째 영애께서 방문하십니다."

카이엔은 심드렁하게 대답했다.

"그래?"

"예. 아시다시피 얼마 전 공자님과 약혼을 하셨던 분입니다."

카이엔이 건성으로 고개를 끄덕였다.

"하긴, 그런 적이 있긴 했지. 그래서?"

마치 남 일처럼 말하는 카이엔의 반응에 집사는 당황했다. 하지만 연륜으로 갈고닦은 표정 관리 능력을 동원해 평온한 얼굴로 부드럽게 미소 지었다.

"백작님께서 맞이할 준비를 하라 이르셨습니다."

"그럼 하면 되겠네. 수고해."

카이엔은 그렇게 말하며 시선을 돌려 다시 창밖을 쳐다봤다. 이쯤 되니 집사도 표정이 조금씩 무너질 수밖에 없었다.

"공자님. 격식에 맞는 복장을 갖추셔야 합니다."

카이엔은 보지도 않고 잘 가라는 듯 손을 흔들어 주었다.

"이게 나한테는 격식에 맞는 복장이야."

"가주님께서 좋아하지 않으실 겁니다."

카이엔이 피식 웃었다.

"언제는 좋아한 적이 있긴 했나?"

집사는 또 당황했다. 예전에는 카이엔이 결코 이런 식으로 말하거나 하지 않았다. 언제나 브리케 백작을 두려워했다. 그리고 인정받으려 애썼다.

한데 지금은 마치 다른 사람이 된 것처럼 말하고 행동했다. 뭔가 심경에 큰 변화라도 있는 모양이었다.

'하긴, 헬게이트 원정군에 보냈다는 건 죽으라는 거나 다름없었으니……'

충분히 카이엔의 기분을 이해할 수 있었다. 하지만 그래서 더 웃음이 났다. 집사가 보기에 역시 카이엔은 철부지 애송이었다.

기분대로 행동하다 보면 계속 실수를 하기 마련이었다. 지금이 바로 그런 순간이다. 설사 마음에 안 든다 하더라도 집사의 말을 존중해 움직여 줬어야만 했다.

"공자님. 여기 제가 미리 공자님의 의복을 준비했습니다. 부디 저녁 만찬 때까지 차질 없이 준비해 주시기 바랍니다. 원하신다면 시녀 몇을 보내 드리겠습니다."

카이엔은 이제 아예 대답조차 하지 않았다. 집사의 태도가 솔직히 가소로웠다.

'옛날에도 집사가 날 이렇게 흔들었나?'

기억이 가물가물하긴 하지만 왠지 그랬던 것 같았다. 아마 그때는 집사가 원하는 대로 움직였을 것이다.

'예전에는 정말 어이없을 정도로 멍청했나 보네.'

자신의 과거를 그렇게 냉정하게 평가한 카이엔은 문이 닫히는 소리가 들리고 나서야 시선을 힐끗 돌려 집사가 놓고 간 옷을 확인했다.

"나보고 저걸 입으라고?"

카이엔이 전혀 좋아하지 않는 풍의 옷이었다. 하지만 아마 저 옷은 분명히 릴리의 취향을 파악해서 준비한 것이리라.

"그러고 보니 왠지 묘하게 낯이 익은 옷인데?"

보통 30년이나 지나면 설령 자신이 입었던 것이라 할지라도 고작 옷 한 벌에 대한 기억 같은 건 희미하다 못해 사라지기 마련이다. 그 옷으로 인해 강렬한 기억이 남지 않았다면 말이다.

"아하. 예전 파티 때 어쩔 수 없이 한 번 입었던 바로 그 옷으로군."

카이엔은 피식 웃었다. 옷에 대한 기억이 떠오르니 그와 연관된 기억이 줄줄이 딸려 올라왔다.

예전, 제법 큰 파티가 열렸을 때 이복형인 플리게 때문에 미리 준비한 옷이 못 쓰게 된 적이 있었다. 그리고 이 옷은 그때 플리게가 적선하듯 던져 준 옷이었다.

당연히 이번에도 이 옷을 준비한 건 플리게일 터였다.카이엔이 싫어하는 취향에 딱 맞춰서 말이다.

"아주 즐거웠던 옛날 일이 떠오르게 해 줘서 고마운데?"

카이엔은 송곳니가 드러날 정도로 사납게 웃었다. 카이엔의 몸 주위로 유형화된 살기가 넘실거리다가 이내 사라졌다.

따악!

카이엔이 손가락을 튕겼다. 그러자 옷에 불이 확 붙었다.

화르륵!

집사가 준비한 옷이 순식간에 재로 변했다. 그런데도 옷이 놓였던 침대는 조금도 그을리지 않았다. 카이엔의 힘 조절 능력이 얼마나 뛰어난지를 단적으로 보여 주는 광경이었다.

"좋아. 만찬에 참석해 주지. 간만에 맛있는 요리로 배를 채울 수 있겠군."

카이엔은 그렇게 중얼거리며 자신이 지금 입고 있는 옷을 확인했다. 카이엔이 이 옷을 자신의 격식이라고 말한 데에는 다 이유가 있었다.

모든 것은 마계에서의 30년 때문이었다. 그곳에서 방심은 곧 죽음으로 이어졌다. 그렇기에 누구도 갑옷을 벗지 않았다.

지금 카이엔이 입은 옷은 바로 마계에서부터 입고 있던 가죽 갑옷이었다.

거무스름한 광택이 흐르는 고급스러운 가죽 갑옷이었는데, 얼핏 보면 갑옷이라고 생각도 못 할 정도로 얇고 세련된 옷이었다.

이 갑옷의 가장 중요한 특징은 어떤 경우에도 원래대로 복원되는 성질을 가졌다는 점이었다. 아주 특수하고 지독하며 강력한 마물의 가죽으로 만들어진 옷이었다.

카이엔이 입은 바지나 부츠 역시 마찬가지였다.

워낙 방어력이 뛰어나 웬만한 무기로는 흠집 하나 낼 수 없었다. 심지어는 검술의 극에 이르러야 내뿜을 수 있다는 오러로도 마찬가지였다.

카이엔은 허공을 손가락으로 죽 내리그었다. 그러자 카이엔의 손가락이 그린 궤적을 따라 검은 선이 나타났다.

검은 선은 그대로 문이 되어 허공에 새까만 구멍을 열었다. 카이엔은 그 구멍 안에 손을 쑥 집어넣었다. 그리고 그 안을 뒤적이다가 뭔가를 잡아 밖으로 쑥 빼냈다.

그것은 황금빛 천으로 안감을 댄 검은 망토였다. 마찬가지로 마물의 가죽으로 만든 것이었다.

"그래도 격식을 차리기로 했으니 이 정도는 착용해 줘야 하나?"

몸을 휘감을 정도로 커다란 망토를 목에 두른 카이엔의 모습은 제법 멋졌다. 카이엔의 외모가 결코 어디 가서 떨어지는 편이 아니었고, 몸매도 탄탄했는지라 어떤 옷을 입어도 태가 살았다.

"그럼 슬슬 움직여 볼까?"

카이엔은 문을 열고 밖으로 나갔다. 굳이 안에서 만찬 때까지 기다릴 필요가 뭐 있는가. 직접 찾아가서 보면 되지.

카이엔은 거침없이 복도를 걸어갔다. 걸음을 옮길 때마다 망토의 안쪽, 황금빛 면이 펄럭이며 드러났다. 그 광경이 말할 수 없을 정도의 신비감을 안겨 주었다.

카이엔과 마주치는 시녀들이 저마다 그 모습에 얼굴을 붉혔다. 고작 망토 하나 걸쳤을 뿐인데 사람이 전혀 달라 보였다.

사실 당연했다. 카이엔이 지금 입은 망토에는 착용자의 매력을 높여 주는 매혹의 고리가 씌워져 있었다.

카이엔은 근처에 있던 시녀 하나를 불러 물었다.

"에델슈타인 자작가에서 온 손님들이 어디 머물지?"

시녀는 새빨개진 얼굴로 고개를 푹 숙이고 대답했다.

"도, 동쪽 장미의 탑에 계십니다."

"장미의 탑? 그게 아직도 있었어?"

"예?"

"아니야. 고마워."

카이엔은 시녀에게 손을 한 번 흔들어 주고는 휘적휘적 걸어갔다. 그렇게 저택을 나서며 묘한 표정을 지었다.

'장미의 탑이라⋯⋯.'

말이 탑이지 실제로는 사람이 기거할 수 있도록 지은 집에 더 가까웠다. 다만 조금 높게 지었을 뿐이었다.

문제는 그곳이 예전 카이엔의 어머니가 기거하던 곳이라는 점이었다.

'어머니가 돌아가신 다음 폐쇄하지 않았나?'

기억이 명확하지 않지만, 폐쇄 명령이 난 지 얼마 지나지도 않아 곧 철거 계획이 나왔었다. 그렇게 사라졌을 거라고 생각했던 장미의 탑이 손님용 숙소로 제공되고 있을 줄은 몰랐다.

'내가 원정군에 참여했을 때 손을 본 건가?'

사실 손을 보고 말고 할 것도 없었다. 그저 청소하고 장식을 새로 꾸미면 된다. 어차피 사람이 살던 곳이었고, 꾸준히 관리해왔으니 말이다.

카이엔의 발걸음이 빨라졌다. 이내 그의 눈앞에 커다란 건물이 나타났다. 장미의 탑이라는 이름처럼 그 건물 전체를 장미 넝쿨이 칭칭 감고 있었다.

카이엔은 한동안 제자리에 서서 장미의 탑을 바라봤다. 그저 건물을 보는 것만으로 수많은 기억이 물밀 듯 밀려왔다.

그 기억의 대부분을 차지하는 건 당연히 카이엔의 어머니였다. 자신을 볼 때마다 지어 주던 그 자애로운 미소가 아련하게 떠올랐다.

"젠장. 너무 희미해. 얼마나 지났다고……."

어머니의 얼굴이 너무나 흐릿했다. 이젠 미소도 그 느낌만 남았을 뿐이지 얼굴은 그저 희미했다.

카이엔은 그곳에 못 박힌 듯 선 채 끊임없이 되풀이해서 추억을 되새겼다. 다시는 볼 수 없을 그 미소를 떠올리고 또 떠올렸다.

그렇게 얼마나 서 있었을까. 누군가 다가오는 기척에 카이엔은 정신을 차렸다. 이렇게 무방비 상태로 가만히 서 있던 것이 정말 얼마만

인지 기억도 나지 않았다. 그 생각을 하니 피식 웃음이 나왔다.

"카이엔 님?"

맑고 청아한 목소리가 카이엔을 불렀다. 카이엔은 그 소리를 듣는 순간 대번에 누군지 알아차렸다. 카이엔이 천천히 몸을 돌렸다.

눈부실 정도로 환한 미소를 짓고 서 있는 소녀가 보였다. 그녀가 바로 릴리 폰 에델슈타인이었다.

릴리는 양손을 꼭 맞잡고 눈물을 글썽였다.

"정말 카이엔 님이네요."

카이엔은 릴리의 반응에 고개를 갸웃거렸다. 예상보다 훨씬 과한 반응 아닌가. 어쨌든 만났으니 인사는 해야겠다는 생각이 들었다.

"오랜만입니다."

카이엔의 약간은 무미건조한 인사에 릴리가 흠칫 놀랐다.

"아…… 네. 오, 오랜만이네요."

릴리의 표정이 당황으로 물들었다. 카이엔은 그걸 보며 또 고개를 갸웃거렸다.

"왜, 왠지 낯서네요. 예전에는 훨씬 편하게 말씀해 주셨던 것 같은데……."

'그랬나?'

카이엔은 뒷머리를 벅벅 긁었다. 기억이 잘 나지 않으니 어쩔 수 없지 않은가. 하지만 굳이 말을 편히 할 필요를 느끼진 못했다. 어차피 혼례에는 관심이 없으니 과하게 가까워지면 오히려 곤란했다.

"아무튼 오셨다기에 얼굴이나 한번 보려고 왔습니다. 마침 장미의 탑에 머물고 있기도 하고."

"아…… 그, 그렇군요."

릴리는 눈에 띄게 당황하다가 이내 용기를 내서 말을 꺼냈다.

"저…… 오랜만에 만났으니 차라도 대접하고 싶은데……."

카이엔이 빙긋 웃었다.

"아뇨. 어차피 곧 만찬 시간이니 잠시 후에 다시 뵙죠."

카이엔은 그렇게 말하고 몸을 돌렸다. 릴리는 돌아서는 카이엔을 잡으려고 손을 올렸다가 이내 다시 내렸다.

그녀는 멀어져 가는 카이엔의 등을 하염없이 바라봤다.

"대체 왜 화가 나셨지? 내가 파혼을 하자고 한 것도 아닌데……."

릴리의 나직한 중얼거림에 근처에 몸을 숨기고 있던 기사 하나가 모습을 드러냈다.

"원래 이기적인 사람 아닙니까. 신경 쓰지 마십시오."

릴리가 단호히 고개를 저었다.

"아뇨. 카이엔 님은 결코 이기적인 분이 아니에요. 다른 사람은 어떨지 몰라도 제가 보기엔…… 마음이 따뜻한 분이에요."

릴리의 눈에 맺힌 서운함과 안타까움이 기사의 마음에 파문을 일으켰다.

'후우. 아가씨의 얼굴에 근심을 드리우다니. 이 망나니 같은 놈을 내 그냥!'

기사는 나중에 조용히 카이엔을 찾아가 꼭 손을 봐줘야겠다고 생각했다. 예전에도 몇 번이나 그랬던 것처럼.

*　　　*　　　*

만찬이 시작되었다. 격식을 차린 고급 요리가 긴 테이블에 앉은 사람들 앞에 차례차례 놓였다.

본래는 몇 시간에 걸친 식사를 하며 다양한 대화를 나누고 친목을 도모하는 것이 보통이었다. 한데 오늘 만찬은 조용하기 그지없었다.

모든 것은 릴리 뒤에 조용히 서 있는 기사, 무트 때문이었다.

무트는 에델슈타인 가문이 자랑하는 기사였다. 나이가 좀 많긴 했지만 실력은 오히려 나이가 들수록 점점 대단해져, 이제는 왕국제일검이라는 슈베르트 백작과 비교해도 손색이 없을 만큼 대단한 기사가되었다.

그런 무트가 릴리 뒤에 서서 카이엔을 계속 노려보고 있으니 분위기가 좋을 리 없었다.

사실 이는 대단히 무례한 짓이었다. 하지만 누구도 그 일을 문제 삼지 않았다.

무트 때문에 분위기가 한껏 가라앉은 상황에서도 카이엔은 주변의 시선을 전혀 신경 쓰지 않고 오직 먹는 일에만 집중했다.

카이엔이 앉은 자리는 릴리의 앞자리였다. 그렇기에 무트의 시선과 기세를 고스란히 받아 내야 했는데도 전혀 신경을 쓰지 않았다.

무트는 이를 갈았다.

'저놈이 이젠 날 의도적으로 무시해?'

예전이라면 감히 상상도 할 수 없을 행동이었다.

'헬게이트 원정군에 참여했다가 돌아오더니 간이 제법 커졌군. 다시 원래대로 돌려놔야겠어. 그래야 아가씨께서 고생하지 않지.'

무트는 속으로 그렇게 생각하며 이를 부득부득 갈았다. 솔직히 무트는 카이엔이 원정군에서 도망쳤다고 여겼다. 그게 가장 합리적이고 또한 상식적인 판단이었다.

이는 무트뿐 아니라 다른 모든 사람이 마찬가지였다. 다들 카이엔이 도망쳤다고 여겼다. 심지어는 카이엔의 실력을 직접 겪은 슈베르트 백작조차도 긴가민가했다.

그러니 다른 사람은 오죽하겠는가.

카이엔은 누구보다 감각이 날카로웠다. 당연히 무트가 자신을 노려보고 있으며, 의도적으로 기세를 보내 압박한다는 것도 알고 있었다.

하지만 그저 신경에 조금 거슬리는 정도였다. 만일 무트가 지금보다 수백 배 더 강해져서 나타난다면 그나마 신경이 좀 쓰일 것이다.

카이엔은 열심히 음식을 먹었다. 덕분에 다들 눈살을 찌푸렸다. 어찌나 허겁지겁 먹어대는지 식사 예절 따위는 안중에도 없어 보였다.

사실 격식을 차리는 것도 쉬운 일이 아니었다. 무려 30년이나 그런 것 없이 살아왔으니 다시 떠올리려면 상당한 노력이 필요했다.

물론 카이엔은 그런 노력을 할 생각이 전혀 없었다.

그렇게 만찬은 모두의 의도와는 전혀 다른 방향으로 흘러갔다. 단 한 명, 카이엔을 제외하고는 말이다.

준비된 요리가 모두 나왔다. 카이엔은 자신의 몫으로 나온 음식을 몽땅 먹어치운 것도 모자라, 요리를 나르는 시녀에게 지시해 더욱 많은 양을 담아 다시 내오게 했다.

그렇게 해서 카이엔이 먹은 양은 나머지 모든 사람이 먹은 걸 다 합한 것보다 많았다.

더 놀라운 건 카이엔이 그 모든 음식을 완벽하게 소화했다는 점이었다. 물론 이건 누구도 몰랐지만 말이다.

"오랜만에 에너지를 보충하니 좀 살 것 같군."

카이엔은 디저트를 먹으며 중얼거렸다. 그 말을 들은 무트가 어이없는 눈으로 카이엔을 바라봤다.

'대체 뭐지? 저놈 뭐야? 고작 몇 달 사이에 뭐가 이렇게 달라졌어?'

카이엔이 보이는 여유가 묘하게 거슬렸다. 그러다가 문득 카이엔과 눈이 마주쳤다. 무트는 대번에 눈을 부라리며 사납게 노려봤다. 하지만 카이엔은 그저 빙긋 웃었을 뿐이었다.

'뭐지? 저놈은?'

어이가 없었다. 자신이 눈을 부라리면 웬만한 기사들도 찔끔 놀란다. 한데 저건 대체 뭐란 말인가.

무트는 한참 동안 카이엔을 노려보다가 묘한 거슬림의 정체가 뭔지 알아냈다. 카이엔은 자신을 마치 어린아이 보듯 하고 있었다.

'감히 저놈이!'

조롱하는 눈빛도 아니었다. 정말로 철저히 하수를 바라보는 눈빛이었던 것이다. 전혀 상대도 되지 않는 사람을 대할 때의 태도.

그건 무트나 슈베르트 백작이 이제 막 검을 들기 시작한 어린아이를 볼 때 지을 법한 그런 눈빛이었다.

당연히 분노했다. 얼마나 화가 났는지 살기가 주체할 수 없을 만큼 피어오를 정도였다. 물론 뛰어난 기사인 무트는 그 모든 살기를 카이엔에게 집중할 수 있었다.

"그나저나 다들 너무 조용한 거 아닙니까?"

카이엔은 무트의 살기에도 아랑곳하지 않고 씨익 웃으며 말했다. 그저 말 한 마디 했을 뿐인데 분위기가 확 풀렸다.

무트는 깜짝 놀라 뒤로 주춤 물러났다. 방금 카이엔이 입을 연 순간, 한창 자신이 내뿜던 살기가 일시에 흔들리며 커다란 충격을 받았다.

우연이라고 치부하기엔 타이밍이 너무 절묘했다. 무트는 한껏 굳은 눈빛으로 카이엔을 노려봤다.

하지만 이젠 아무리 그렇게 해도 분위기를 다시 죽일 수가 없었다. 사실 일부러 냉랭한 분위기를 몰고 왔는데, 그게 틀어져 버렸으니 슬슬 짜증이 났다.

무트가 분위기를 무겁게 만든 이유는 더 유리한 고지를 차지한 상태에서 혼례 문제를 마무리 짓기 위함이었다.

에델슈타인 자작가는 이번 혼례를 이용해 가문의 돈을 노리는 브리케 백작가의 속셈에 넘어갈 생각이 전혀 없었다.

그걸 위해 일부러 무트를 보냈고, 조금 전까지 무트는 충실히 그 역할을 수행했다.

'저놈 때문에……!'

무트는 카이엔을 노려보며 이를 부득부득 갈았다. 계획이 한순간에 물거품으로 변했다. 아마 이 분위기를 다시 돌리기는 쉽지 않을 것이다.

그걸 증명이라도 하듯 간간이 대화가 오가기 시작했다. 브리케 백작이 먼저 부드럽게 웃으며 릴리에게 말을 걸었고, 릴리가 환한 표정으로 화답했다.

그걸 시작으로 브리케 백작가의 사람들이 릴리와 대화를 이어 나갔다. 분위기가 금세 화기애애해졌다.

브리케 백작가 사람들이 벌써부터 릴리를 자신들 가문의 일원으로 대하려는 조짐이 보였다. 물론 대놓고 그러지는 못했지만 조금씩 격의를 허물어 가고 있었다.

이 대화에 참여하지 않는 사람은 카이엔뿐이었다. 그래서 릴리는 연신 카이엔을 힐끗거렸다. 그녀는 카이엔이 먼저 말을 걸어 주기만을 기다렸다. 자신이 먼저 말을 걸기가 무서웠다.

'아직도 화가 안 풀린 건가? 대체 왜 저러시는 거지?'

릴리는 답답했지만 억지로 미소를 지으며 분위기를 흐리지 않으려 애썼다.

그런 분위기를 브리케 백작이 모를 리 없었다. 하지만 그는 굳이 처음부터 나서지 않았다. 조금 더 이 분위기를 이어 가는 편이 자신에게 더 유리하다고 판단한 것이다.

브리케 백작은 릴리가 카이엔을 좋아하고 있다는 사실을 명확히 꿰뚫고 있었다. 그런 상황이니 카이엔이 더 무심하게 대하면 대할수록 유리했다.

그럴수록 분위기는 점점 차가워졌다. 카이엔이 입을 열지 않으니 당연한 흐름이었다. 브리케 백작은 이제 때가 되었다고 판단했다.

"누굴 닮아서 저리 무뚝뚝한 건지…… 허허허허."

브리케 백작은 그렇게 말을 꺼내 분위기를 조금 누그러뜨렸다. 그리고 부드러운 눈으로 카이엔을 바라보며 말했다.

"그동안 릴리 양을 그렇게 기다리더니 막상 눈앞에 있으니 말문이 얼른 열리지 않는 것이더냐?"

브리케 백작의 말에 릴리의 표정이 밝아졌다. 그녀는 반짝반짝 빛나는 눈으로 카이엔을 바라봤다. 역시 그랬다. 마음도 없는데 혼례를 다시 추진할 리 없었다.

하지만 카이엔은 그게 무슨 말이냐는 듯 뚱한 표정으로 브리케 백작을 쳐다봤다.

"먹느라 말을 안 했을 뿐인데요?"

카이엔의 말에 브리케 백작의 입이 떡 벌어졌다. 설마 카이엔의 입에서 저런 말이 나올 줄은 몰랐다. 카이엔의 말에 분위기가 그대로 얼어붙었다.

브리케 백작은 황급히 릴리의 표정을 살폈다. 그녀의 얼굴에는 실망감이 떠올라 있었다. 화가 난 게 아니라는 사실에 브리케 백작은 아직 상황을 돌릴 기회가 남았다는 걸 깨달았다.

그가 막 뭔가 말을 하려고 할 때, 옆에 있던 플리게가 먼저 입을 열었다.

"그게 대체 무슨 말이냐! 네 혼례를 위한 자리다!"

플리게의 말에 카이엔이 피식 웃었다.

"내 혼례?"

카이엔은 고개를 돌려 브리케 백작을 쳐다봤다.

"전 승낙한 적이 없는데요?"

브리케 백작이 크게 당황했다. 카이엔의 당돌한 태도에 이 상황이 도저히 이해되지 않았다. 헬게이트 원정군에 합류하기 전에는 분명히 약혼까지 했던 사이였다. 한데 이제 와서 왜 이런단 말인가.

"그, 그게 무슨 말이냐! 내가 분명……!"

"그 일방적인 통보를 말하는 거라면 됐습니다. 저도 일방적으로 통보하죠. 전 생각 없습니다."

카이엔은 자리에서 일어났다. 디저트도 다 먹었겠다, 이제 더 이곳에 볼일은 없었다. 카이엔의 시선이 마지막으로 릴리에게 머물렀다.

릴리의 표정이 사정없이 흔들리고 있었다. 눈에서는 금방이라도 눈물이 떨어질 것 같았다.

하지만 그런 표정을 보고도 아무런 감정이 생기지 않았다. 생각해 보면 당연했다. 무려 30년을 마계에서 보냈다.

그곳에서 아름다운 여자란, 죽음에 가장 가까운 존재였다. 강한 사내를 유혹해 정혈을 갈취해 죽이는 존재가 바로 여성체 마족이었다. 그러니 여자를 보며 별다른 감정이 생길 리 없었다.

"내 삶은 내가 결정합니다. 가문이 아니라."

카이엔의 말을 들은 릴리의 눈이 커다래졌다. 그녀는 입술을 깨물었다. 그리고 돌아서서 나가는 카이엔의 등을 바라봤다.

"이놈! 거기 서지 못하겠느냐!"

브리케 백작의 외침이 쏟아졌다. 하지만 카이엔은 뒤도 돌아보지 않고 문으로 향했다.

"그 문을 열면 가문에서 내치겠다!"

브리케 백작의 말에 다들 깜짝 놀랐다. 설마 그렇게까지 할 줄은 몰랐다. 이곳에는 가문의 사람들만 있지 않다. 다른 가문의 사람들도 함께인 자리였다.

그렇기 때문에 내뱉은 말에 실리는 무게감이 달랐다. 말을 꺼내놓고 지키지 않으면 가문의 명예에 금이 가는 것이다.

카이엔이 문고리를 잡았다가 그 말에 손을 놓았다. 브리케 백작이 득의양양한 표정을 지었다.

"얌전히 이리 와서 자리에 앉아라."

브리케 백작의 명령에 카이엔이 돌아섰다. 카이엔의 표정은 너무나 담담했다. 표정만 보면 조금 전 그런 말을 들은 당사자 같지 않았다.

"그동안 제가 가문의 사람이긴 했습니까?"

카이엔의 말에 브리케 백작의 눈이 화등잔만 해졌다.

"이, 이노옴!"

"방금 하신 말씀, 되돌리기 어렵다는 건 알고 계시겠지요?"

카이엔의 말에 브리케 백작이 설마 하는 표정을 지었다. 하지만 카이엔은 그런 브리케 백작의 시선을 비웃기라도 하듯 다시 돌아서서 문을 열었다.

그리고 당당히 밖으로 나가 버렸다.

브리케 백작은 그 광경을 그저 지켜보기만 했다.

좌중에 침묵이 내려앉았다. 심지어 릴리도 지금 벌어진 광경에 자신의 처지를 잊을 정도였다.

한동안 멍하니 있던 릴리가 퍼뜩 정신을 차렸다. 그리고 자리에서 일어나 브리케 백작을 향해 정중히 예를 취했다.

"저도 이만 물러가겠습니다."

브리케 백작은 만찬장을 나서는 릴리를 차마 잡지 못했다. 아니, 가문의 치부를 그녀에게 들킨 것 같아 너무나 부끄러웠다.

릴리와 무트가 밖으로 나가자 브리케 백작의 표정이 악귀처럼 일그러졌다.

"감히! 감히 이 배은망덕한 놈이!"

와장창!

브리케 백작은 화를 참지 못하고 테이블 위에 놓인 요리 접시를 신경질적으로 쓸어버렸다. 담겨 있던 요리가 바닥에 엉망진창으로 쏟아졌다.

"아버지, 고정하십시오."

"고정? 내가 지금 고정하게 됐느냐?"

"우선 대책부터 세워야죠. 카이엔을 가문에서 내치든 뭘 하든 조치를 해야 합니다."

"끄응."

브리케 백작은 침음을 삼켰다. 플리게의 말이 옳았다. 에델슈타인 자작가와는 백작이 직접 나서서 혼례를 진행했다. 한데 카이엔이 이렇게 일방적으로 그걸 걷어차 버렸으니 거기에 관한 책임을 져야만 했다.

"모든 걸 카이엔의 잘못으로 뒤집어씌우고 가문에서 내치셔야 합니다."

플리게가 악독한 눈으로 그렇게 말했다. 하지만 지금 브리케 백작의 머릿속은 복잡하기 그지없었다.

슈베르트 백작이 카이엔에게 관심을 보이고 있었다. 게다가 이번 혼례는 에델슈타인 자작가와 엮일 기회이기도 했다. 그런 카이엔을 그냥 내치려니 마음에 걸렸다.

"왜 망설이십니까? 설마 에델슈타인 자작가 때문에 그러시는 것입니까?"

브리케 백작은 묵묵부답이었다. 답답하다는 듯 백작을 바라보던 플리게의 눈에 탐욕의 빛이 어렸다.

"하면 저는 어떻습니까?"

브리케 백작이 어이없는 눈으로 플리게를 바라봤다.

"넌 이미 혼례를 올리지 않았느냐. 설마…… 후처로 들이겠다는 뜻이더냐!"

"어려울 것 없지 않습니까. 어차피 흠이 있는 여자가 될 테니 말입니다."

"뭐? 그게 무슨 말이냐!"

"한 번 약혼을 했던 여자입니다. 카이엔과 무슨 일이 있었어도 이상하지 않죠. 소문 하나 만들어 내는 것쯤 어렵지 않습니다."

브리케 백작이 무서운 눈으로 플리게를 노려봤다.

"그런 협잡질이 드러나면 후폭풍이 만만치 않다."

"알고 있습니다. 저도 바보가 아닙니다. 간단한 말 몇 마디만 흘리면 됩니다."

브리케 백작은 플리게를 잠시 노려보다가 이내 한숨을 내쉬며 입을 열었다.

"에델슈타인 자작가에서 우리에게 먼저 약혼을 제의한 건 알고 있느냐?"

"예? 그랬습니까?"

브리케 백작은 고개를 끄덕였다.

"왜 그랬을 것 같으냐? 너도 알겠지만 에델슈타인 자작가는 엄청 난 재력을 가진 가문이다. 백작이란 허울만이 전부인 우리 가문에 관 심을 가질 이유가 없어."

"하면…… 카이엔 때문입니까?"

"그것 외에는 답이 없다. 그럼 넌 뭘 해야 할 것 같으냐?"

플리게는 잠시 생각에 잠겼다. 생각해 보니 에델슈타인 자작가의 영애라면 유수의 명문가로부터 청혼을 받았을 것이다. 한데 그 모든 걸 뿌리치고 카이엔과의 혼례를 진행했다는 뜻이다.

"릴리 양의 고집을 가문이 꺾지 못한 거로군요."

"잘 봤다."

"그럼 전 릴리 양의 마음을 얻으면 되겠군요."

브리케 백작이 고개를 끄덕였다.

"그래. 그러면 된다. 소문을 흘리는 것도 좋지만 우선 그녀의 마음 부터 얻지 못하면 결코 원하는 걸 얻지 못할 것이다."

플리게가 자신만만하게 씨익 웃었다.

"반드시 해내겠습니다."

브리케 백작은 인사를 하고 물러가는 플리게를 보며 한숨을 내쉬었 다.

"후우. 정말…… 자식 일은 마음처럼 안 되는군."

*   *   *

카이엔은 만찬장에서 나와 복도를 걷다가, 방으로 그냥 돌아가고 싶지 않은 마음에 정원으로 향했다.

가문에 돌아온 것은 오직 어머니 때문이었다. 솔직히 가문에 남은 미련 따위는 전혀 없었다. 게다가 이용 가치도 현저히 낮았다.

슈베르트 백작이나 암흑가, 그리고 일리오스 교단은 헬게이트를 처리하기 위해 꼭 필요했다. 하지만 브리케 백작가는 그렇지 않았다.

카이엔이 가문에 붙어 있던 이유는 오로지 어머니의 무덤 때문이었다.

한데 오늘 가문에서 내치겠다는 말을 들었다. 브리케 백작이 자신을 어떻게 여기고 있는지 생각하면 이어질 수순은 너무나 당연했다.

"일리오스 교단으로 갈까?"

가문에서 나가면 당장 지낼 곳을 마련해야 한다. 카이엔에게는 그럴 만한 곳이 제법 많았다. 암흑가에 가도 되고 슈베르트 백작을 찾아가도 된다. 그리고 일리오스 교단에 가도 제대로 대접해 줄 것이다.

그중에서 일리오스 교단이 제일 먼저 떠올랐다. 딜룬과 에르미스도 아마 좋아할 것이다. 물론 딜룬은 가려움을 좀 더 참아야겠지만 말이다.

카이엔이 정원에 들어섰을 때, 뒤에서 인기척이 느껴졌다. 누군가 다가오고 있었다. 그게 누구인지는 굳이 보지 않아도 알 수 있었다.

"카이엔 님!"

카이엔은 릴리의 부름에 돌아섰다. 릴리와 그녀의 호위기사로 따라온 무트가 보였다.

무트는 카이엔을 노려봤다. 물론 카이엔은 전혀 신경 쓰지 않았다.

"드릴 말씀이 있어요."

카이엔은 말을 해 보라는 듯 그녀를 똑바로 봤다. 릴리의 얼굴에 결연한 표정이 떠올랐다.

"가문의 결정이 아니에요."

"음?"

난데없는 말에 카이엔이 어리둥절한 표정을 지었다.

"가문의 결정이 아니라 제 결정이라고요."

카이엔은 그제야 릴리가 무슨 말을 하는지 알아차렸다. 카이엔의 눈이 살짝 빛났다.

"전 제 감정에 솔직했을 뿐이에요. 그래서 서둘렀어요. 그게 카이엔 님을 압박했다면…… 죄송해요."

카이엔이 빙긋 웃었다.

"감정에 솔직한 게 잘못은 아니지요. 사과하실 필요 없습니다. 압박한 건 아니니까."

"하지만……."

릴리가 미안한 표정을 지었다. 자신이 무리하게 밀어붙이는 바람에 카이엔이 가문에서 내쳐지게 되었다. 아까 분위기를 보니 브리케 백작은 자신의 말을 반드시 지킬 것 같았다.

"걱정할 거 없다니까요? 어차피 슬슬 가문에서 나가려던 참이었으니까."

카이엔의 말에 릴리가 눈을 반짝반짝 빛냈다.

"가문을 나가시려 했다고요?"

카이엔이 고개를 끄덕이자 릴리가 들뜬 목소리로 물었다.

"그럼 저희 가문은 어떠세요?"

카이엔이 물끄러미 쳐다보자 릴리가 서둘러 말을 이었다.

"당분간 지낼 곳이 마땅치 않으실 테니 저희 가문에 오세요. 얼마 든지 계셔도 된답니다."

카이엔은 턱을 쓰다듬었다.

'에델슈타인 자작가라……'

카이엔의 눈빛이 번득였다. 생각해 보면 나쁘지 않았다. 에델슈타인 자작가는 부유할 뿐만 아니라 그 자금력을 바탕으로 하는 우수한 정보력까지 갖춘 가문이었다.

결정을 내린 카이엔이 씨익 웃었다.

"좋습니다. 그 제안 받아들이지요."

"정말요?"

릴리의 눈이 커다래졌다. 무리한 일인 줄 알면서도 막무가내로 질 러본 건데, 설마 이렇게 흔쾌히 허락할 줄은 몰랐다. 그녀는 양손을 맞잡았다. 이 기쁨을 표현할 방법이 없어서 안절부절못했다.

그리고 그런 릴리의 뒤에 의미심장한 미소를 지으며 눈을 빛내는 무트가 있었다.

무트는 카이엔을 노려보며 다짐했다.

'저놈의 버릇은 내가 반드시 고쳐 놓고 만다. 아가씨를 위해서!'

Chapter 2
헬게이트에서 나온 마족

HELLGATE

일리오스 교단은 엄청난 수의 병력을 이끌고 바움 숲으로 향했다. 일단 300명의 성기사가 말을 탄 채 앞장섰고, 200명의 신관이 마차를 타고 그 뒤를 따랐다.

성기사는 만일의 사태를 대비한 호위였고 실제 일을 하는 것은 그들 뒤로 줄을 지어 움직이는 200명의 신관들이었다.

현재 바움 숲의 헬게이트는 일리오스 성국에 보고된 상태였다.

일단 가서 상황이 악화되지 않도록 막고만 있으면 추가로 병력을 파견해 지원해 주기로 약속이 되어 있었다.

헬게이트를 없애려면 게이트에 직접 들어가 게이트를 연 당사자를 죽여야 한다. 하지만 이렇게 게이트를 일찍 발견한 경우라면 굳이 게이트를 없애지 않더라도 봉인함으로써 게이트를 통해 마물이 넘어오는 걸 막을 수 있었다.

"조금 서둘러야 할 것 같군."

대신관의 말에 옆에서 나란히 이동하던 기사단장이 살짝 고개를 숙였다.

"속도를 높인다!"

기사단장의 명령에 성기사들이 두 배로 빠르게 말을 몰았다. 속도가 빨라져 체력 소모가 크게 늘었지만 누구도 지치지 않았다. 일행을 크게 감싸는 성스러운 빛이 모두에게 끊임없이 힘을 공급해 주고 있었기 때문이다.

당연히 그 빛의 출처는 대신관이었다.

"괜찮으십니까?"

기사단장의 물음에 대신관이 고개를 끄덕였다.

"조금 더 빨리 가도 될 것 같네."

기사단장은 대신관의 성력에 감탄했다. 지금 대신관의 힘을 가장 많이 받고 있는 것은 바로 말이었다. 신관이야 마차를 타고 가니 힘들 일이 크게 없었고, 성기사도 평소의 고된 훈련에서 비롯한 강인한 체력 덕분에 괜찮았다.

하지만 말은 그렇지 않았다. 대신관은 성력을 이용해 말들이 지치지 않도록 했다. 웬만한 성력이나 정신력으로는 꿈도 꾸지 못할 경지였다.

"힘들면 좀 쉬세요. 제가 대신할게요."

대신관 옆에 앉은 에르미스가 말했다. 대신관은 그런 에르미스를 향해 자애로운 미소를 지어 주었다.

"아직은 괜찮다. 나중에 부탁하마. 바움 숲에 도착하기 전에 나도 성력을 회복하지 않으면 안 되니 말이다."

"예. 미리 준비해 두겠습니다."

에르미스는 그렇게 말하고는 조용히 눈을 감았다. 힘을 쓰기 전까지 기도를 통해 성력을 정제하고 키우기 위함이었다.

조금이라도 더 도움이 되려면 이렇게 틈나는 대로 기도를 해야만 했다. 이는 다른 신관들도 모두 마찬가지였다.

그렇게 며칠을 이동한 끝에 일리오스 교단의 병력은 바움 숲에 도착했다.

바움 숲에는 음침한 안개가 흐르고 있었다.

"헬게이트의 영향 때문인가? 안개에 어두운 기운이 깃든 듯하구나."

대신관의 말에 에르미스가 굳은 표정으로 고개를 끄덕였다.

"예. 지난번에는 이러지 않았는데……."

"아무래도 서둘러야 할 것 같구나. 이것이 헬게이트 때문에 생겨난 거라면 자칫 큰일이 벌어질 수도 있어. 일단 말과 마차를 놔두고 숲으로 들어가는 게 나을 것 같구나."

대신관의 말에 기사단장이 즉시 명령을 하달했다. 성기사 전원이 일제히 말에서 내렸다. 그리고 신관들도 마차에서 내려 숲에 들어갈 준비를 마쳤다.

"내가 앞장서겠네."

대신관은 그렇게 말하고는 누가 말릴 새도 없이 성큼 숲으로 들어갔다. 기사단장과 에르미스가 당황하며 다급히 대신관의 뒤를 따랐다.

　500명에 달하는 대인원이 검은 안개가 흐르는 바움 숲으로 들어서고 있었다.

＊　　　＊　　　＊

　릴리는 이튿날 바로 브리케 백작가를 떠났다. 만일 카이엔과의 혼약이 잘 진행되었다면 며칠 더 머물렀겠지만, 일이 이렇게 된 이상 서둘러 나가는 편이 나았다.

　카이엔도 릴리와 함께 저택을 빠져나왔다. 릴리의 마차를 함께 타고서 말이다.

　마차 안에서 릴리는 끊임없이 카이엔의 얼굴을 훔쳐봤다. 카이엔은 그걸 다 알고 있으면서도 모른 척 그녀에게 시선을 주지 않고 창밖만 내다봤다.

　그리고 무트가 그런 카이엔을 못마땅한 눈으로 노려봤다.

　'감히 아가씨를 본체만체하다니! 나중에 두고 보자 이놈!'

　"그런데…… 너무 즉흥적으로 결정하신 거 아닌가요?"

　릴리가 조심스럽게 말을 꺼냈다. 그제야 카이엔이 창밖에서 시선을 거둬 릴리를 바라봤다.

　"무슨 말입니까?"

　"굳이 가문에서 나오실 필요가 있나 해서요. 솔직히 전 그래서 더 좋지만……."

　릴리의 솔직한 말에 카이엔이 피식 웃었다. 이렇게 보니 제법 귀여

웠다.

"원래는 가문을 장악하려고 했는데, 굳이 그럴 필요가 없는 상황이 되었죠. 어머니의 무덤 말고는 정 붙일 만한 구석이 없는 가문이기도 하고."

그 말에 릴리와 무트가 묘한 표정으로 카이엔을 바라봤다. 보통 아무리 가문에서 나왔다 하더라도 저렇게까지 자신의 가문에 대해 신랄하게 말하지는 않는다. 그래도 가문은 곧 자신의 뿌리나 마찬가지니까.

게다가 가문을 장악한다는 말을 마치 어린아이에게서 사탕이라도 빼앗는다는 양 너무 쉽게 한다.

솔직히 자신감이라기보다는 허풍에 가깝게 들렸다.

"조만간 성도 버릴 예정입니다."

카이엔의 말에 릴리가 깜짝 놀랐다.

"예? 저, 정말인가요?"

"어차피 가문에서 내친다고 했으니 그렇게 될 겁니다. 그쪽에서 버리기 전에 내가 먼저 버리려고요."

릴리는 그의 가문에 대한 분노의 골이 자신이 했던 생각보다 훨씬 깊음을 알아차리고 잠시 당황했다. 하지만 이내 안쓰러운 눈으로 카이엔을 바라봤다.

"그렇게 볼 필요 없습니다. 나중에 후회하는 쪽은 제가 아닐 테니까요."

카이엔의 말에 릴리는 그제야 표정을 수습했다. 그런 표정으로 바라보는 것 자체가 큰 실례일 수 있었다. 그녀는 분위기를 바꾸려 더욱 환한 얼굴로 말했다.

"그보다 언제까지 제게 말을 높이실 건가요? 이제 우리 제법 친해졌잖아요."

릴리의 말에 무트가 무시무시한 표정으로 카이엔을 노려봤다. 고개를 끄덕이면 당장에라도 달려들어 주먹질을 할 기세였다.

물론 카이엔은 흔쾌히 허락했지만 말이다.

"그럼 지금부터 말을 놓지. 너도 날 오라버니라 불러도 좋아."

카이엔의 화끈한 반응에 릴리가 입을 가리고 웃었다. 조금 전보다 훨씬 가까워진 것 같아서 기분이 더욱 좋아졌다.

반면 무트의 얼굴은 심하게 일그러졌다.

'이노옴! 감히! 감히 아가씨께! 절대 가만두지 않겠다! 이노옴!'

무트는 속으로 그렇게 외치며 카이엔을 노려봤다. 그의 살기가 카이엔에게 가닿아 그의 몸을 휘감았다.

하지만 카이엔은 전혀 그런 건 모른다는 듯 릴리만 보고 있다가 힐끗 무트를 쳐다보고는 씨익 웃었다. 한쪽 입꼬리만 살짝 올라간 조롱하는 듯한 미소였다.

무트의 분노가 머리끝까지 차올랐다. 하지만 그것을 터트릴 수는 없었다. 지금은 릴리 앞이었다. 곧 에델슈타인 자작가에 도착하니, 그때가 되면 원 없이 카이엔을 괴롭힐 수 있으리라.

'그때까지만 참는다. 넌 죽었어.'

무트의 살기 어린 시선에도 카이엔은 그저 웃기만 했다.

'뭐 저렇게 둔한 놈이 다 있어!'

이 정도 살기를 맞으면 보통 온몸을 덜덜 떨기 마련이다. 설사 아주 강한 사람이라도 긴장하지 않을 수 없었다. 하지만 그렇지 않은 사람도 있다. 감각이 지독하게 둔한 경우였다.

무트는 일단 카이엔을 그쪽으로 분류했다. 그게 아니라면 저렇게 눈동자 한 번 흔들리지 않을 리 없으니까.

그런 무트의 마음과는 전혀 상관없이 마차 안의 분위기는 점점 화기애애해졌다.

카이엔과 릴리 사이에 있던 거리감이 확 줄어들고 둘은 한결 친해졌다.

무트는 그걸 지켜보며 이를 부득부득 갈았다. 카이엔은 릴리와 대화를 나누는 내내 틈만 나면 무트와 눈이 마주쳤는데 그때마다 마치 보란 듯이 미소를 지어 보였다.

'저놈 저거 일부러 저러는 거야. 날 도발하고 있어! 후우욱! 두고 보자! 후우욱!'

무트는 속으로 화를 삭이느라 끊임없이 심호흡을 해야만 했다.

어느새 마차는 에델슈타인 자작가의 저택 안으로 들어섰다.

카이엔은 문득 딜룬이 떠올랐다.

'그놈 잘하고 있으려나?'

정신을 연결해 물어볼 수 있지만 그렇게 하지 않았다. 어쩌면 중요한 순간일 수도 있지 않은가. 그것이 전투든 연애든 말이다.

카이엔의 입가에 부드러운 미소가 떠올랐다.

*　　*　　*

바움 숲은 안으로 들어가면 들어갈수록 점점 더 어두워졌다. 안개가 짙어진 것이다. 숲에 흐르는 검은 안개에서는 강한 어둠의 기운이 느껴졌다.

"누군가 금단의 마법을 썼군."

대신관의 말에 에르미스가 깜짝 놀라 바라봤다.

"흑마법사가 개입했단 말씀이신가요?"

"아무래도 헬게이트에서 나오는 어둠의 힘을 이용한 마법의 안개 같다. 다들 조심하는 게 좋을 것 같구나."

대신관의 말은 즉시 모두에게 전달되었다. 성기사와 신관 전원은 그 말에 긴장을 늦추지 않고 언제라도 능력을 발휘할 수 있도록 준비했다.

자칫 잘못하면 헬게이트에 도착하기도 전에 큰일이 벌어질 수도 있었다.

"이렇게 안개가 짙은데 길을 찾을 수 있겠느냐?"

대신관의 질문에 에르미스가 자신 있는 표정으로 고개를 끄덕였다.

"네. 지금부터는 제가 앞장설게요."

에르미스는 일행이 가장 앞으로 나가 헬게이트를 향해 걸어갔다. 아무리 안개가 짙어도 길을 찾는 데에는 아무 문제가 없었다. 이럴 때를 대비해 카이엔과 딜룬이 나무에 드러나지 않는 표식을 만들어 두었기 때문이다.

에르미스는 새삼 카이엔이 얼마나 신경을 써 주었는지 깨닫고 고마운 표정을 지었다.

그렇게 한창 걸어가고 있는데 갑자기 기사단장이 앞으로 나서서 에르미스를 막아섰다.

에르미스가 깜짝 놀라 기사단장을 바라봤다.

"다들 앞을 정리해라."

기사단장의 명령에 성기사들이 우르르 앞으로 치고 나갔다. 기사단장이 에르미스를 비롯한 신관들의 움직임을 막았기에 다들 무슨 일인지 몰라 어리둥절한 표정을 지었다.

"악독한 놈들……."

기사단장이 이를 악물고 중얼거렸다.

"무슨 일이 있는 건가요?"

"피 냄새가 납니다."

"예?"

"앞에 시체가 있습니다."

"시체요?"

에르미스는 잠시 어리둥절한 표정을 지었다. 시체가 있다는 이유 하나만으로 그토록 많은 수의 성기사가 움직인단 말인가. 하지만 이내 그 의미를 알아채고는 얼굴이 창백하게 질렸다.

"서, 설마……."

기사단장은 대답하지 않았다. 사실 안개 탓에 그의 눈에는 시체의 윤곽만 어렴풋이 보일 뿐이었다. 그것만 해도 족히 수백 구가 넘는데, 이곳까지 풍겨오는 피 냄새로 미루어 시야에 들어오지 않은 시체까지 합산하면 그 수가 천 구는 훌쩍 넘을 것이었다.

기사단장의 표정이 무섭게 굳었다.

잠시 후, 앞으로 나갔던 성기사들이 돌아왔다. 그들의 몸에서 짙은

피 냄새가 훅 밀려왔다.

"아무래도…… 이 안개. 헬게이트를 이용해서 만든 게 아닌 모양입니다."

기사단장의 말에 대신관이 무거운 표정으로 고개를 끄덕였다. 믿기 싫지만 이건 수많은 생명을 죽여 만든 안개였다.

어쩌면 헬게이트에 어둠의 마력을 보태기 위한 것일지도 모른다.

그렇게 생각하니 마음이 더 급해졌다. 그들을 감싸고 있던 검은 안개는 시체 처리를 하는 동안 조금씩 옅어지고 있었다.

"서두르게."

대신관의 말에 모두 빠르게 걸음을 옮겼다. 에르미스도 거의 달리듯 앞으로 나아갔다.

그렇게 또 한동안 이동했다. 그리고 언젠가부터 안개가 옅어지는 속도는 점점 빨라졌다. 맨눈으로도 확연히 구분될 정도였다.

"저기예요!"

에르미스가 손가락으로 어딘가를 가리키며 외쳤다. 그곳에 시커먼 헬게이트가 일렁이고 있었다.

'다시 커졌어!'

에르미스는 입술을 깨물었다. 헬게이트의 크기가 다시 커져 있던 것이다. 처음 발견했을 때와 똑같은 크기였다.

게다가 색깔도 그때보다 더욱 짙었다. 그것은 헬게이트의 힘이 강해졌다는 증거였다.

옅어지던 안개와는 달리 헬게이트는 주변의 안개를 빠르게 흡수하며 점점 더 칠흑같이 어두워지고 있었다. 만일 이곳의 모든 안개를 다

흡수하면 어떤 일이 벌어질지 아무도 장담할 수 없는 상황이었다.

"어서 막아야 해요!"

에르미스의 외침에 신관들이 급히 앞으로 나섰다.

우우우웅!

200명의 신관이 일제히 뿜어내는 성력의 힘은 어마어마했다. 새하얀 빛이 주변의 안개를 확 밀어냈다.

하지만 그것만으로는 턱없이 모자랐다. 헬게이트의 힘을 저지하려면 그들의 성력을 그 안으로 밀어 넣어야 하는데 정작 헬게이트에는 다다르지 못하고 고작 주변 안개만 정화하는 것이 전부였다.

그때 대신관이 나섰다. 그는 지그시 눈을 감고 양손을 슬쩍 들어 올렸다. 그의 몸 전체에서 백색성광이 뿜어져 나왔다.

화아아아악!

순식간에 주변 안개가 스러졌다. 엄청난 위력이었다. 일순간 안개는 사라지고 이제 직접 헬게이트에 성력을 전달할 준비가 되었다.

대신관이 눈을 뜨고 에르미스를 바라봤다. 그의 표정은 딱딱하게 굳어 있었다. 그리고 눈빛에는 미안함이 가득했다. 가장 위험한 일을 에르미스에게 맡기게 된 것이다.

하지만 에르미스는 대신관을 향해 한없이 순수한 미소를 지을 뿐이었다.

에르미스는 서둘러 헬게이트에 다가갔다. 그리고 눈을 감고 천천히 양손을 앞으로 뻗었다. 그녀의 손바닥에 새하얀 빛이 모여들었다.

우우우우우웅!

헬게이트를 상대하기 위해서는 무작정 신성력을 퍼부어선 안 된다.

성력을 최대한 압축해서 내보내야 한다. 힘을 집중하지 않으면 헬게이트에 아무 타격도 줄 수 없었다.

에르미스의 손 앞에 모여든 새하얀 빛이 점점 더 밝아졌다. 그러더니 이내 쳐다볼 수도 없을 정도가 되었다.

그렇게 최대한 성력을 응축하여 막 내보내려는 찰나, 헬게이트가 위태롭게 일렁였다.

그리고 그 안에서 시커먼 무언가가 툭 튀어나왔다.

정체를 알 수 없는 존재의 등장에 다들 깜짝 놀랐다. 에르미스도 예외가 아니었다. 하지만 그녀는 놀란 마음을 진정시키고 준비한 성력의 덩어리를 내보냈다.

후웅!

고도로 응축된 성력이 에르미스의 손을 떠나 앞으로 튀어 나갔다. 그것은 그대로 헬게이트 안으로 들어갔다.

저번과는 달리 힘 싸움도 없었다. 헬게이트가 마족을 토해 내는 바람에 힘을 잃어 반발력도 사라진 것이다.

성력을 삼킨 헬게이트는 그렇게 흐릿해졌다. 자세히 보지 않으면 그곳에 헬게이트가 있는 줄도 모를 정도였다. 이전보다 크기도 확연히 작아졌다. 아마 다시 힘을 키우려면 상당한 시간과 마력이 필요할 것이다.

제대로 관리만 하면 다시 헬게이트가 마족을 토해 내지 않을 것이다. 그러나 당장 눈앞의 마족을 처리하지 못하면 다음도 없었다.

"막아!"

기사단장의 외침에 성기사들이 일제히 달려들었다. 그들의 검에는 성스러운 빛무리가 어려 있었다. 어둠의 종자들에게는 더없이 위험한 빛이었다.

하지만 그건 그 검이 몸을 뚫고 들어왔을 때의 일이었다.

"크캬캬캬캬캬!"

쇠를 긁는 듯한 날카로운 웃음소리가 사방에 울렸다. 그리고 마족이 눈에 보이지도 않을 정도의 속도로 이리저리 움직였다.

"마족의 움직임을 막아라!"

대신관의 외침에 신관들이 일제히 성력을 뿜어냈다. 하지만 그 바람에 흩어졌던 검은 안개가 다시 모여들었다.

"맛있는 먹이로군. 크캬캬캬캬!"

검은 안개가 마족의 몸으로 빠르게 흡수되었다. 그러자 마족의 눈빛이 더욱 붉게 물들었다. 또한 속도도 훨씬 빨라졌다.

쉬아악!

기력이 더욱 충만해진 마족이 한쪽으로 빠르게 움직여 신관들을 베어 냈다.

촤촤촤촤악!

수십 명의 신관이 피를 뿌리며 쓰러졌다. 마족의 힘은 엄청났다.

음험하게 빛나는 마족의 시선이 에르미스에게로 향했다.

"크캬캬캬캬! 너부터 죽인다!"

마족은 본능적으로 자신에게 가장 위험한 존재를 찾아냈다. 에르미스는 헬게이트를 막아 내느라 힘을 다 쏟아 낸 직후였기에 당장은 아무 힘도 없었다. 그녀가 마족을 상대할 만큼의 성력을 회복하려면 어느 정도 시간이 필요했다.

쉬아악!

마족의 몸이 옆으로 쭉 움직였다. 그러자 조금 전까지 마족이 있던 자리에 새하얀 빛 덩어리들이 쏟아졌다.

퍼버버버버벙!

하얀 빛가루가 흩날렸다. 성력의 잔해였다. 하지만 마족의 몸에는 아예 닿지도 않았다.

다들 당황했다. 마족의 속도를 따라잡지 못해 제대로 된 대응을 할 수 없었다. 이대로라면 말 그대로 전멸이었다.

옆으로 한껏 이동했던 마족이 이번에는 단숨에 에르미스를 향해 뛰어들었다.

쉬아악!

어느새 다가온 마족이 에르미스의 목을 향해 길쭉한 손톱을 휘둘렀다.

그것을 바라보는 에르미스의 눈동자가 크게 흔들렸다.

"으라차차!"

그 순간, 어딘가에서 뚱땡이 하나가 쏜살같이 튀어나와 에르미스를 껴안고 바닥을 데굴데굴 굴렀다.

"꺄아악!"

에르미스는 너무 놀라서 비명을 질렀다. 바닥을 구르며 머리와 등이 땅에 부딪치고 끌리는 바람에 온몸 여기저기가 아파 왔다.

데굴데굴 구르며 어지러워진 시야가 제대로 돌아오니 그제야 자신을 안고 구른 사람이 누군지 알 수 있었다.

"디, 딜룬 경?"

"우헤헤헷! 무사하셔서 다행입니다. 머리에 피가 좀 나지만, 그쯤이야 침만 발라도 금방 낫지요. 우헤헤헷!"

딜룬은 그렇게 말하며 혀를 내밀어 거기에 엄지를 쭉 문질렀다.

그 행동 하나만으로도 에르미스는 딜룬이 뭘 하려는지 대번에 알 수 있었다. 설마 정말로 상처에 침을 바르려 할 줄이야!

에르미스는 딜룬이 손가락에 침을 바르느라 손을 놓은 틈을 타서 재빨리 품에서 빠져나갔다.

"어라? 그냥 가시는 겁니까? 이거 바르면 금방 낫는데?"

"사, 사양할게요."

에르미스가 어색하게 웃으며 고개를 저었다.

그때 딜룬이 무서운 속도로 에르미스에게 달려들었다. 에르미스의 눈이 커다래졌다.

"으라차차!"

딜룬이 다시 에르미스를 안고 바닥을 데굴데굴 굴렀다. 그리고 간발의 차이로 에르미스가 서 있던 자리를 길쭉한 손톱이 긁고 지나갔다.

콰드드득!

땅바닥이 길고 깊게 파였다. 흙먼지가 뿌옇게 일어났다.

"크워어어어어어! 죽인다!"

마족이 거칠게 울부짖었다. 새까만 몸체는 빼빼 말라 앙상했고, 팔다리는 비정상적으로 길쭉해 상당히 기형적인 모습이었다. 등에는 뼈만 남은 긴 날개가 달려 있었는데 매우 날카로워 보여 멀리서 봐도 제법 위협적이었다.

"아야야……."

에르미스는 딜룬의 품에 안긴 채 신음을 흘렸다. 두 번이나 바닥을 구르고 나니 팔다리에 생채기가 잔뜩 생겼다. 그래도 죽지 않은 것이 다행이었다.

"상처는 혼자 치료할 수 있죠? 전 일단 저놈을 좀 혼내 주고 와야겠습니다. 우흐흐흐."

딜룬의 말에 에르미스가 화들짝 놀라 그의 소매를 잡았다.

"자, 잠깐만요! 딜룬 경 혼자서는 무리예요. 상대는 마족이라고요!"

딜룬이 고개를 끄덕였다.

"마족 맞습니다. 중급 마족. 아마 좋은 상대가 될 것 같군요. 우흐흐흐."

딜룬은 진심으로 기뻐하고 있었다. 또 한 번 치열한 전투를 치를 수 있다고 생각하니 온몸에서 아드레날린이 솟구쳤다.

'이거 정말로 잘 만든 몸이야. 우흐흐흐.'

딜룬은 성큼성큼 마족에게 걸어갔다. 마족이 딜룬을 가소로운 눈으로 바라봤다.

"크르르르. 미친놈이군."

딜룬과 마족이 가까이 마주 섰다.

"다들 뭣들 하나!"

그제야 정신을 차린 대신관이 소리쳤다. 그러자 신관들이 일제히 새하얀 성력을 뿜어냈다.

화아아아악!

하얀 물결이 주위를 휩쓸었다. 마족은 피하려 했지만 그럴 수 없었다. 어느새 달려든 딜룬이 검을 내리친 것이다.

쩡!

검은 손톱으로 막을 수 있었지만 뒤를 이어 그를 덮친 신성력의 파도는 피하지 못하고 그대로 뒤집어썼다.

"크아아아아아!"

마족이 괴로움에 비명을 질렀다. 그리고 똑같이 신성력을 맞은 딜룬은 미친 듯이 웃었다.

"우헤헤헤헤헤헤헤헷!"

딜룬은 몸을 움찔움찔 떨면서 웃었다. 하지만 그 지독한 가려움도 전투 본능은 막지 못했다.

딜룬이 마족에게 달려들었다.

쩌저저저정!

검과 손톱이 정신없이 얽혔다. 이번에 나온 마족은 중급 중에서도 제법 강한 편이었다. 당연히 인간의 몸을 쓴 딜룬과 비교할 수 없을 정도로 힘이 압도적이었다.

그런 탓에 마족의 공격에 계속 밀려나긴 했지만 그래도 딜룬은 즐겁게 싸웠다. 자칫하면 목숨이 날아갈 수도 있었지만 그런 스릴도 없이 싸워 봐야 무슨 재미가 있으랴.

싸움에서는 딜룬이 조금씩 밀렸지만, 전체적인 분위기는 교단 측에 유리하게 돌아가고 있었다. 무엇보다 신관이 많이 살아남았다. 게다가 이쪽에는 300명의 성기사는 차치하고라도 대신관에 에르미스까지 있었다.

이대로 흘러가면 분명히 승리할 것이다. 다들 같은 생각이었다.

하지만 상황은 모두가 원하는 대로 흘러가지 않았다.

"설마 중급 마족을 상대할 수 있는 인간이 있을 거라고는 생각도 못 했군."

갑자기 들려온 소리에 모두의 시선이 집중되었다. 장내로 한 사람이 걸어 들어오고 있었다. 조금 전 들려온 목소리의 주인이었다.

음침하게 생긴 얼굴에는 어두운 그늘이 드리워져 있었고 몸에서는 뭉클뭉클 어둠의 기운이 흘러나왔다.

"일리오스의 개들이 이렇게 많이 모였다니. 난 정말로 운이 좋군."

난데없는 사내의 등장에 다들 긴장했다. 저렇게 자신만만하게 나타났다는 건 그만큼 많은 준비를 했다는 뜻이기도 했다.

아니나 다를까, 새까만 옷을 입고 복면을 쓴 사람들이 사방에서 불쑥불쑥 모습을 드러냈다. 그 수가 족히 500명은 되는 듯했다.

"감히 이런 짓을 하고도 무사할 줄 아느냐!"

기사단장이 외쳤다. 그의 표정에 신념이 깃들었다. 목숨을 내놓는 한이 있더라도 결코 물러서지 않겠다는 의지가 그의 검을 타고 흘렀다.

하지만 음침한 사내는 그 말에 콧방귀를 뀌었다.

"흥. 이런 짓? 그게 뭘 말하는 거지? 헬게이트에 어둠의 마력을 공급하기 위해 3천 명을 고통스럽게 죽인 걸 말하는 건가?"

사내의 말에 다들 경악했다. 3천 명이라니. 경악 다음의 감정은 분노였다. 모두 온몸을 부들부들 떨었다. 저놈들은 인간의 탈을 썼을 뿐, 결코 인간이라 할 수 없었다.

"아니면 이렇게 일리오스의 개를 죽인 일 말인가?"

촤악!

사내의 말이 채 끝나기도 전에 신관 하나의 목이 피를 뿜으며 허공으로 솟구쳤다. 끔찍한 광경이었다.

어느새 신관의 시체 뒤에 검은 복면을 쓴 사내가 칼을 들고 서 있었다. 고도로 훈련받은 어쌔신이었다.

"다들 암습에 조심해라! 신관을 지켜!"

기사단장의 외침에 성기사들이 다급히 움직이려 했다. 하지만 그들을 포위한 복면인들이 조금 더 빨랐다.

쉬쉬쉬쉬쉭!

수많은 암기가 쏟아졌다. 성기사들은 어쩔 수 없이 그 자리에 서서 그것을 막아 내야만 했다.

채채채채채챙!

성기사의 검에 맞은 암기가 사방으로 튕겨 나갔다. 성기사들의 실력도 상당했다. 수십 개의 암기를 하나도 놓치지 않고 막아 냈다.

하지만 그 바람에 신관은 적들에게 그대로 노출되고 말았다.

수백의 복면인들이 성기사에게 달려들었다. 복면인의 실력은 성기사에 비해 많이 처지는 편이었지만, 성기사 하나당 두세 명이 붙으니 성기사도 쉽게 그들을 처리할 수 없었다.

문제는 복면인이 너무 많다는 점이었다.

성기사를 봉쇄하고도 수십 명이나 되는 복면인이 남아 있었다. 그리고 그들의 수장인 음침한 사내 역시 남아 있었다.

"자, 그럼 청소를 시작해 볼까?"

사내의 말이 떨어지기 무섭게 남은 복면인들이 신관에게 달려들었다. 신관들이 저마다 성력을 뿜어내며 저항했지만 소용없었다.

촤촤촤촤촤악!

사방에 피가 난무했다. 복면인들의 실력이 비록 성기사보다는 떨어지지만, 그들은 살인의 전문가였다. 약한 자를 빠르게 많이 죽이는 일에 있어서만큼은 성기사보다 훨씬 더 능숙했다.

그렇게 신관들이 낙엽처럼 허물어져 갔다.

상황이 자신에게 유리하게 돌아가자 음침한 사내가 눈을 희번덕거리며 주위를 둘러봤다. 그리고 충격과 공포에 떨고 있는 에르미스를 발견했다.

그의 눈빛이 먹이를 발견한 맹수의 그것처럼 번득였다. 그가 입맛을 다시며 에르미스에게 다가갔다.

"큭큭큭큭. 아주 아름다운 사제님이로군. 난 피바다 속에서 즐기는 걸 좋아하지. 너도 곧 좋아하게 될 거야."

에르미스는 귀에 담기도 싫은 말을 아무렇지도 않게 지껄이며 다가오는 사내의 모습에 다리가 떨려 움직이지도 못했다.

뱀같이 차가운 사내의 눈빛이 에르미스의 온몸을 위아래로 훑었다. 에르미스의 얼굴은 곧 공포로 물들어 갔다. 하지만 이내 그녀는 이를 악물었다.

"일리오스께서 용서치 않을 겁니다."

에르미스의 말에 사내가 크게 웃었다.

"크하하하! 그래. 말 잘했다. 그 잘난 일리오스가 과연 널 구해 줄지 한번 두고 보자."

사내의 말에 에르미스가 입술을 깨물었다. 하지만 그녀의 눈빛은 전혀 위축되지 않았다. 그 모습을 보면 조금 전 두려움에 떨던 것이 마치 거짓말 같았다.

물론 사내는 그런 것 따위에는 관심 없었다. 그저 자신의 욕망을 충족시키면 그뿐이었다.

"큭큭큭큭. 멍청한 놈. 기다리라고? 고작 이따위 놈들을 상대로 도망을 쳐? 그래서 넌 안 되는 거다. 큭큭큭큭."

알 수 없는 말을 중얼거린 사내가 에르미스에게 성큼 다가갔다.

그 순간 에르미스의 시선이 옆으로 돌아갔다. 그곳에는 여전히 마족과 치열하게 싸우고 있는 딜룬이 있었다.

쩌저저저저정!

"크아아아! 네놈! 진짜 인간이 맞느냐!"

"우흐흐흐! 그럼 내가 뭐로 보이는데?"

쩌저저정!

딜룬과 마족은 그렇게 치열하게 싸우면서 말다툼까지 하고 있었다. 정말 놀라운 실력이었다.

"어딜 보는 거냐? 네 상대는 나다."

어느새 다가온 사내가 에르미스의 턱을 쥐고 그녀의 시선이 자신에게 향하도록 얼굴을 돌렸다. 에르미스와 사내의 눈이 마주쳤다.

에르미스의 눈동자 깊은 곳에서 두려움이 살짝 일어났다가 흔적도 없이 사라졌다. 그녀의 눈빛은 더없이 올곧았다.

"짜증이 나는군. 더 비참한 꼴을 봐야겠어."

사내의 말이 끝나기 무섭게 복면인들이 대신관을 끌고 왔다. 보호

할 성기사가 없는 대신관은 어쌔신 입장에서 너무나 손쉬운 먹잇감에 불과했다.

그리고 그 뒤를 이어 신관들이 줄줄이 따라왔다. 다들 만신창이가 되어 있었지만 그래도 살아 있었다. 총 200명의 신관 중 살아남은 것은 고작 30명뿐이었지만 말이다.

"자, 잘 선택해라. 네 선택에 따라 저 대신관이 죽을 수도 있으니까. 그리고 남은 신관들도."

에르미스의 몸이 사정없이 떨렸다. 그녀의 눈에 다시 두려움이 떠올랐다. 눈앞의 상대는 자신의 상상을 초월할 정도의 악당이었다.

'아…… 일리오스시여…….'

절망이 엄습해 왔다.

그리고 그런 에르미스를 보는 사내의 눈에 진한 욕망이 번들거렸다. 이제야 좀 흡족한 마음이 드는 것 같았다.

＊　　　＊　　　＊

딜룬과 싸우는 마족은 믿을 수가 없었다. 어떻게 이런 인간이 있을 수 있단 말인가.

"너 정말 인간이냐?"

"왜 자꾸 똑같은 걸 물어? 우흐흐흐. 쫄았냐?"

"쫄긴 누가 쫄아! 크아악! 죽인다!"

마족이 거칠게 손톱을 휘둘렀다. 물론 딜룬은 어렵지 않게 그것을 피했다. 막은 게 아니라 몽땅 피했다. 안으로 파고들기 위함이었다.

"애송이로군."

고작 그런 말에 흥분해서 움직임이 거칠어진 걸 보면 확실했다. 이런 애송이와 싸우면서 더 시간을 끈다는 것은 마계공작의 수치였다.

물론 힘 차이가 너무 압도적이라서 어쩔 수 없었지만 말이다.

딜룬은 마족의 품에 파고들어 가볍게, 하지만 자신의 몸 안에 내제된 마족으로서의 힘을 가득 담아 검을 휘둘렀다.

써걱!

마족의 가슴이 쫙 갈라졌다.

"크아악! 이놈! 죽여 버린다!"

피가 튀며 갈라졌던 마족의 가슴이 순식간에 다시 달라붙었다. 마족은 주변에 흩어진 검은 안개를 온몸으로 흡수하고 있었다.

"아, 이거 귀찮네."

딜룬은 슬쩍 주변 눈치를 살폈다. 아까 숨어 있을 때는 대놓고 안개를 삼켰는데, 지금은 누가 보면 곤란했다.

"후읍. 후읍. 후읍."

호흡을 통해 조금씩 안개를 빨아들였다. 정말 맛있었다.

"이 안개, 고작 3천 명으로 만들 수 있는 수준이 아닌데?"

"너, 너…… 정체가 뭐냐!"

마족이 놀란 눈으로 물었다. 설마 어둠의 마력을 저렇게 자연스럽게 흡수할 수 있을 줄은 몰랐다.

그리고 흥분해서 미처 생각하지 못했는데, 그저 검을 휘두른 것만으로도 자신에게 상처를 입혔다. 그건 같은 마족이 아니면 거의 불가능한 일이었다.

"너, 너……."

"닥치고 죽어. 후읍."

딜룬이 다시 달려들며 주변 안개를 빨아들였다. 그리고 당황한 마족의 어깨를 베었다.

촤악!

어깨가 쩍 갈라졌다.

딜룬이 주변을 빠르게 돌며 연달아 숨을 들이마셨다.

"후읍. 후읍. 후읍."

안개가 순식간에 사라졌다. 멀리 떨어진 안개가 다시 오려면 제법 시간이 걸릴 터였다. 안개가 옅어지면 옅어질수록 전황은 마족에게 불리해진다. 회복이 더뎌질 수밖에 없는 것이다. 안개를 선점해 들이마신다는 딜룬의 전략은 그런 점에서 효율적이었으나, 그 모습만큼은 더없이 우스꽝스러웠다.

"이익! 이 부끄러움도 모르는 놈!"

마족이 소리쳤지만 딜룬은 한 손으로 귀를 후볐다.

"뭐라는 거야? 싸움에 부끄럽고 말고가 어디 있어? 너 마족 맞아?"

말이 끝나기도 전에 딜룬이 또 달려들었다. 회복할 시간을 주지 않으려 함이었다.

쩌저저저정!

손톱과 검이 어지럽게 얽혔다. 딜룬이 승기를 잡았다.

그때, 에르미스 쪽의 분위기가 심상치 않게 변했다. 그것이 딜룬의 감각을 건드렸다.

감각을 확장해 시야를 확 넓힌 딜룬의 눈에 에르미스에게 다가가 거칠게 옷을 찢고 있는 음침한 사내의 모습이 보였다.

"아! 젠장! 너 뭐야!"

딜룬이 그대로 뒤돌아 에르미스를 향해 몸을 날렸다.

*   *   *

쫘아악!

에르미스의 옷이 거칠게 찢어졌다. 그녀의 눈빛이 두려움과 치욕으로 물들었다. 그리고 눈물이 또르르 흘러내렸다. 그 순간 그녀의 시선이 옆으로 돌아갔다.

왜 그랬는지 모른다. 그저 갑자기 딜룬이 떠올랐다. 그리고 그녀의 눈이 휘둥그레졌다. 자신에게 달려오고 있는 그의 모습을 발견한 것이다. 그것도 엄청나게 빠른 속도로.

"그 손 놔!"

딜룬이 그대로 달려들어 에르미스를 옆으로 밀치고 검을 내리그었다.

촤아악!

음침한 사내가 그대로 두 동강 났다.

그리고 어느새 다가온 마족의 손톱이 딜룬의 등을 난자했다.

촤촤촤촤촤촤악!

"크에엑!"

딜룬이 괴상한 비명을 지르며 바닥을 데굴데굴 굴렀다.

"감히 날 앞에 두고 딴 데 신경을 쓰다니!"

마족이 분노 가득한 외침을 토해 냈다. 그리고 고개를 돌려 에르미스를 노려봤다. 그 원인을 먼저 제거하고자 함이었다.

하지만 마족은 뜻을 이룰 수 없었다. 어느새 딜룬이 다시 달려든 것이다.

"우흐흐흐흐. 상대를 제대로 봐야지."

딜룬의 검이 화려하게 움직였다. 평소 딜룬이 펼치던 검술과는 전혀 달랐다.

쉬쉬쉬쉬쉬쉭!

변화는 많았지만 위협적이지는 않았다. 마족은 아주 간단히 그 검을 막았다. 그리고 또다시 딜룬의 몸 곳곳에 상처를 만들어 냈다.

하지만 딜룬의 노림수는 다른 데 있었다.

좌악! 좌악! 좌악!

화려하게 사방으로 뻗는 검에서 바람이 쉭쉭 쏟아져 나가더니 신관과 대신관을 인질로 잡고 있던 복면 사내들의 목이 툭툭 떨어져 나갔다.

"뭐 해! 다들 도망쳐!"

딜룬의 외침에 신관들이 허겁지겁 도망쳤다.

"에르미스도 데려가야지!"

그제야 신관들이 에르미스와 대신관을 챙겼다. 그래도 명색이 신관인데 신성력으로 몸을 회복시키는 것쯤은 도망치면서도 할 수 있었다.

"크아악! 어딜 도망가느냐!"

마족이 외쳤지만 딜룬이 굳게 앞을 막고 있어서 쫓아갈 수가 없었다.

딜룬은 아직도 고전을 면치 못하는 성기사들을 향해 소리쳤다.

"너희는 뭐 해! 가서 에르미스를 지켜야지!"

딜룬은 그렇게 말하며 크게 검을 휘둘렀다. 그 안에 실린 힘이 어찌나 대단한지 마족조차 흠칫 놀라 뒤로 쭉 물러났을 정도였다.

콰콰콰콰콰콰!

수백 개가 넘는 바람의 칼날이 쏟아져 나갔다. 그것은 그대로 복면인과 성기사들이 싸우고 있는 곳을 덮쳤다.

촤촤촤촤촤촤악!

바람의 칼날이 적아를 구분하지 않고 모든 걸 쓸어버렸다. 하지만 피해는 복면인 쪽이 훨씬 컸다. 그들은 실력도 떨어졌을뿐더러 숫자도 많았으니까.

"뭐 해!"

딜룬의 외침이 다시 쏟아지자, 성기사들이 급히 몸을 뺐다. 일단 대신관을 비롯한 신관들과 합류해 그들을 보호하는 것이 우선이었다.

적의 수가 크게 줄었으니 충분히 그것이 가능했다.

성기사들이 쭉 빠져나갔다. 하지만 복면인들은 성기사를 쫓지 않았다.

이미 작전은 실패했다. 성기사는 금방 신관들과 합류할 것이고, 지금 이 전력으로는 그들을 어쩌지 못한다.

차라리 여기서 작전 실패의 원흉인 저 뚱땡이를 제거하는 편이 훨씬 나았다.

"큭큭큭큭. 설마 나와 대등하게 싸울 수 있는 인간이 있을 거라고 는 생각도 못 했다."

마족은 그렇게 말하며 주위를 슥 둘러봤다. 보아하니 남은 인간들 은 자신의 편이 분명했다.

어차피 앞서 나간 바리둔을 찾고 그와 힘을 모아 인간의 몸을 만들 어 인간계를 조금씩 어둠으로 물들이는 것이 자신의 임무였다.

그러니 이 인간들을 이용하는 것도 나쁘지 않으리라.

"다들 이놈이 도망가지 못하게 막아라. 처리는 내가 할 테니까."

마족의 말에 복면인들이 우르르 움직여 사방을 크게 둘러쌌다. 하 지만 그것만으로 그들이 마족과 대등하게 싸우는 딜룬을 막을 수는 없었다. 그러나 그들에겐 믿는 구석이 있었다.

둥글게 원을 그리며 모인 복면인의 몸에서 뭉클뭉클 검은 안개가 쏟아져 나왔다. 그리고 그 안개는 이내 크게 휘돌면서 딜룬과 마족을 중심을 원을 그렸다.

"호오. 결계인가? 두어 번 정도는 공격을 막아 낼 수 있겠군."

마족이 이를 드러내며 웃었다. 이 정도면 결코 도망치지 못하리라.

"크캬캬캬캬캬. 어떻게 죽여 줄까?"

마족의 눈빛이 섬뜩하게 빛났다.

"그건 내가 묻고 싶은 말인데?"

딜룬의 입가가 길게 늘어났다. 드디어 혼자가 되었다. 정말로 즐거 워졌다.

"우리 이제 싸우다가 미쳐 보자."

딜룬의 몸은 만신창이가 되었다. 아마 보통 인간이었다면 죽어도 벌써 죽었을 것이다.

하지만 딜룬은 멀쩡하게 살아 있다. 그는 마족이었으니까.

"이거 정말 고마워서 어쩌지?"

딜룬이 그렇게 말하며 입을 크게 벌렸다.

쉬아아아아아아악!

주변에 널린 어둠의 기운이 맹렬히 회오리치며 그의 입속으로 빨려 들어갔다. 그 속도와 기세가 어찌나 대단한지 앞에 선 마족이 당황할 정도였다.

"뭐, 뭐야!"

"크아아아아악!"

주변에서 결계를 친 복면인들이 비명을 질렀다. 복면에 드러난 그들의 눈빛에 당황과 공포가 마구 뒤섞였다.

결계를 이루고 있던 어둠의 마력이, 아니, 결계 그 자체가 산산이 부서져 딜룬의 입으로 빨려 들어가고 있었다.

"마, 막아!"

복면인 중 하나가 외쳤다. 어둠의 마력은 그들이 그동안 별의별 악독한 짓을 다 해서 축적한 힘이었다. 결계는 그걸 이용한 것이고.

한데 그런 결계가 몽땅 빨려 들어가는 것도 모자라 그들의 몸속에 있던 것까지 딸려 나가고 있었다.

"크아아아아악!"

몸이 바짝바짝 말라비틀어졌다. 어둠의 기운을 너무 오랫동안 몸에 쌓았기 때문에 몸에 남은 다른 기운들 역시 어둠 성향으로 자연스럽게 바뀌었는데, 그조차 몽땅 빠져나가고 있었다.

수백 명의 복면인들은 온몸의 기운이 쭉쭉 빨려 미라처럼 변해 갔다.

그걸 보던 마족이 당황했다. 지금 딜룬이 하는 건 자신조차 불가능한 일이었다. 저 정도로 탐욕스럽게 어둠의 기운을 빨아들이려면 최소한 고위 마족은 되어야만 가능했다. 아니, 고위 마족도 저 정도는 아니리라.

마족이 다급히 딜룬에게 달려들었다.

딜룬은 계속해서 어둠의 기운을 빨아들이며 검을 휘저었다. 검에 담긴 어마어마한 힘이 마족의 손톱을 후려쳤다.

꽈앙!

마족이 뒤로 나가떨어졌다. 그의 눈에 경악이 어렸다. 마족은 그대로 주저앉은 채 딜룬을 바라봤다.

하지만 그게 패착이었다. 그는 곧장 다시 달려들었어야 했다. 아차 하고 보낸 짧은 시간은 상황을 더 이상 돌이킬 수 없도록 악화시켰다.

"크하합!"

딜룬의 기합 소리와 함께 그에게로 빨려 들어가는 어둠의 기운이 훨씬 많아졌다. 거의 순식간에 숲 전체에 퍼진 검은 안개는 물론이고, 결계를 친 자들의 몸에 남은 기운까지 남김없이 싹싹 긁어 갔다.

심지어 이미 죽은 자들의 몸에 남은 어둠의 기운까지 몽땅 가져왔다.

"캬아! 맛있다! 쩝쩝!"

딜룬이 입맛을 다셨다. 결계에 동참했던 복면인들은 하나둘 지푸라기처럼 풀썩풀썩 쓰러져 갔다.

남은 건 마족 하나뿐이었다.

"마, 말도 안 돼⋯⋯!"

마족이 당황해서 중얼거렸다. 그의 상식이 조금 전 사정없이 파괴되었다.

"뭐가 말이 안 되는데?"

"어떻게 인간이⋯⋯ 인간이 어둠의 기운을 그렇게 쉽게 흡수할 수 있단 말이냐!"

딜룬은 고개를 끄덕였다. 어찌 보면 저 마족이 지금 상황을 받아들이지 못하는 것은 당연했다. 솔직히 딜룬도 불과 십여 년 전까지는 그렇게 생각했으니.

"난 나보다 더한 놈도 아는데?"

"그럴 리가 없다!"

마족의 외침에 딜룬이 음흉하게 웃었다.

"우흐흐흐흐. 믿든가 말든가."

마족이 다시 딜룬에게 달려들었다. 하지만 딜룬은 아주 간단하게 마족의 공격을 막아 냈다.

사실 지금 딜룬이 가진 힘은 일시적이었다. 인간의 육체에 어둠의 기운을 둘둘 말고 있을 뿐이었고, 시간이 지나거나 써 버리고 나면 그냥 사라져 버릴 힘이었다.

진짜 힘을 얻으려면 지금 육체에 더 적응하거나, 아니면 훨씬 좋은 몸을 얻어야만 했다. 딜룬이 원래 가진 어둠의 힘은 고작 이 정도가 아니었으니까 말이다.

어쨌든 지금은 이 정도로도 충분했다.

쩌저저정!

빠악!

마족이 볼품없이 바닥에 처박혔다. 딜룬의 손바닥이 만들어 낸 광경이었다.

딜룬에 비해 힘은 물론이거니와 전투 실력도 모자라고, 경험까지 모자라니 마족이 그를 이길 방법은 전혀 없었다.

"내가 어떻게 여길 나왔는데…… 이렇게 허무하게……."

마족의 애처로운 중얼거림이 허공에 흩어졌다. 딜룬이 사납게 웃으며 검을 내리쳤다.

퍼억!

마족은 그대로 절명했다. 인간계에서 죽음을 맞이한 마족들은 어둠이 되어 사라진다. 이 마족 역시 검은 기운이 되어 허공에 흩어졌다.

마족의 죽음을 확인한 딜룬은 몸에 두른 어둠의 힘을 풀었다. 당장 전투 외에는 써먹을 데도 없었다.

"젠장 온몸이 만신창이로군."

몸이 엉망이었다. 아무리 어둠의 기운을 흡수했어도 다친 몸을 치유할 수는 없었다. 그래서 몸에 남은 상처는 그대로였다.

딜룬은 머리를 긁적였다.

"이걸 어쩌지?"

잠시 고민하던 딜룬은 그저 웃었다.

"우흐흐흐. 알게 뭐야. 어쩌면 이번 기회에 주인님이 새 몸을 만들어 주실지도 모르지."

딜룬은 신전 사람들이 도망간 방향을 바라봤다.

"멀리 가진 못했겠지? 우흐흐흐. 이렇게 대단한 일을 해냈으니 가서 잔뜩 생색을 내야지. 우흐흐흐흐. 어쩌면 이런저런 일을 잔뜩 해줄지도 몰라. 우흐흐흐흐흐흐."

*   *   *

"돌아가겠어요."

에르미스의 말에 대신관이 그녀의 어깨를 잡고 고개를 저었다.

"이러는 걸 그도 원치 않을 거다."

"하지만…… 하지만 어떻게 그 사람 혼자 거기에 내버려 둘 수 있겠어요. 최소한 저만이라도 가겠습니다."

대신관이 고개를 저었다.

"그가 마지막에 한 말을 듣지 않았느냐. 도망가려던 신관들에게 널 부탁한다고 했다. 다시 네가 돌아간다 해도 아마 기뻐하기보다는 슬퍼할 것이다."

에르미스는 그 자리에서 무너졌다. 눈물이 하염없이 흘러내렸다.

그런 에르미스를 살아남은 신관과 성기사들이 안쓰러운 눈빛으로 바라봤다.

사실 정말로 고마웠다. 만일 딜룬이 아니었다면 이곳에 남은 모두가 죽었을 것이다.

딜룬이 혼자 마족을 막고 에르미스의 목숨을 구했다. 그리고 인질로 잡힌 대신관과 신관들을 구해 주었다. 그뿐이랴, 위급한 상황의 성기사들이 몸을 빼낼 수 있도록 기회를 만들어 주었다.

그 대가로 그는 혼자 그곳에 남았다.

아마 죽었을 것이다.

"여기서 이러고 있을 시간이 없습니다. 딜룬 경이 벌어 준 시간을 이렇게 헛되이 써선 안 됩니다. 어서 숲에서 나가 교단에 알려야 합니다."

모두의 표정이 무거워졌다. 헬게이트에서 마족이 나왔다. 그리고 그 마족의 힘은 엄청났다.

"과연…… 헬게이트에서 마족이 또 나온다면 그를 막을 수 있겠습니까?"

신관 중 하나가 푸념하듯 중얼거렸다. 아무도 그 말에 대답하지 못했다.

"그러니 더 서둘러야 하네. 저들이 다시는 그 참혹한 짓을 못 하도록 말일세."

성기사들이 일제히 눈살을 찌푸렸다. 피가 낭자하던 그 광경이 떠오른 것이다. 저들은 헬게이트에서 마족을 꺼내기 위해 수천 명을 잔인하게 죽였다.

"다시 그런 일이 벌어져선 안 됩니다."

성기사 중 하나가 중얼거렸다.

누가 먼저랄 것도 없이 걷기 시작했다. 모두의 표정이 결연해졌다.

그렇게 다들 걸음을 옮기는데, 오직 한 명 에르미스만은 움직이지 않았다. 그녀는 미련이 잔뜩 남은 표정으로, 또 미안함이 가득 담긴 눈빛으로 지금까지 지나온 길을 하염없이 바라봤다.

대신관이 그녀의 어깨를 두드려 주었다.

"자, 이제 가자꾸나. 딜룬 경의 희생을 헛되이 해선 안 되지 않겠느냐."

에르미스가 힘없이 고개를 끄덕였다. 그리고 천천히 돌아섰다.

"우와! 이거 너무하시는 거 아닙니까? 누굴 죽은 사람으로 만드는 겁니까? 우와아! 너무들 하시네!"

에르미스는 뒤에서 들려오는 너무나 익숙한 목소리에 화등잔만 해진 눈으로 급히 돌아섰다.

그곳에 만신창이가 된 딜룬이 힘겹게 서 있었다.

에르미스는 그대로 달려가 딜룬을 힘껏 안았다.

"살아계셨군요. 흐윽. 고마워요. 정말…… 정말 고마워요."

"우흐흐흐. 이거 목숨 한 번 걸 만하군요. 미인의 포옹이라……."

평소와 전혀 다름없는 그의 능청스러운 목소리에 에르미스가 본능적으로 움찔했지만 이내 고개를 한 번 젓고는 더욱 힘주어 딜룬을 끌어안았다.

지금 손을 놓으면 딜룬이 허깨비처럼 사라져 버릴 것 같아 불안했다.

'이건 미안함 때문이야.'

에르미스는 그렇게 스스로 합리화했다.

"아구구구. 조금 살살 안아 주시죠. 우흐흐흐."

딜룬의 말에 에르미스가 흠칫 놀라 떨어졌다. 생각해 보니 딜룬의 몸은 만신창이일 게 뻔했다. 너무 기쁜 마음에 환자의 상태는 보지 않고 세게 포옹을 했던 것이다.

에르미스는 새빨개진 얼굴로 고개를 푹 숙였다.

"죄, 죄송해요. 제가 미처…… 아! 금방 치료해 드릴게요!"

에르미스가 고개를 번쩍 들더니 딜룬을 향해 양손을 들어 올렸다.

"어어…… 자, 잠깐……!"

딜룬이 말리려 했지만 에르미스가 훨씬 빨랐다. 어느새 만들어진 응축된 성력의 구슬이 딜룬을 향해 쏜살같이 날아갔다.

딜룬은 그걸 피하지도 못하고 그대로 맞을 수밖에 없었다. 눈을 질끈 감고서.

화아아악!

성스러운 빛이 딜룬의 몸을 감쌌다.

"우헤헤헤헤헤헤헤헤헷!"

경박스러운 웃음소리가 바움 숲을 가득 메웠다.

그리고 놀랍게도 딜룬의 몸에 난 모든 상처가 씻은 듯이 사라졌다.

*   *   *

플레더는 수하의 보고를 받고는 이마를 짚으며 고개를 저었다.

"후우. 정말이지…… 쓰레기는 변하지 않는군."

조직의 수장은 분명히 플레더였다. 하지만 수장이라고 해서 그에게 모든 권력이 집중된 건 아니었다.

그렇기에 조직 내의 고위 인사들은 혹시라도 플레더에게 힘과 권력이 집중될까 봐 반감을 가지고 경계하는 중이었다.

문제는 그런 고위 인사들이 가진 힘이 결코 만만치 않다는 점이었다. 그들은 각각 독립된 하부조직을 이끌고 있었다.

크게 보면 다 플레더가 총괄하는 조직이었지만, 하부 조직의 특성상 그들이 따로 움직이는 경우 딱히 막을 방법이 없었다.

그나마 미리 알고 대처하거나 움직임을 제한하면 좋지만, 그들의 힘이 상당하기 때문에 그도 쉽지 않았다.

이번 일도 딱 그런 경우였다.

플레더는 아쉬운 눈으로 보석을 바라보았다. 불과 얼마 전까지 붉게 빛나던 보석이었는데, 이젠 불에 타 버린 것처럼 새까맸다. 또 마족 하나를 잃었다고 생각하니 답답하기 그지없었다.

이번에 플레더 몰래 움직인 조직은 수백 명의 어쌔신으로 구성되어 있었다. 한데 그 모든 어쌔신이 전멸해 버렸다.

그동안 사사건건 플레더와 충돌하더니 결국 플레더의 명령을 어기고 독단적으로 작전을 펼친 것이다.

"그렇게 신전을 우습게 여기지 말라고 신신당부했건만……."

아직 정확한 정황은 알 수 없었다. 그저 그들이 플레더에게 알리지도 않고 바움 숲에서 작전을 벌였고 결국 모두 전멸했다는 보고만 들었을 뿐이었다.

플레더는 보고서에 적힌 피해 규모를 다시 확인하고는 한숨을 내쉬었다.

"후우. 이따위로 일을 진행하다니 정말 다 찢어 죽여 버리고 싶군."

빈민가에 들어가 수천 명을 납치해 바움 숲으로 끌고 간 것도 모자라, 그 흔적을 제대로 지우지도 않았다.

그걸 처리하는 데 들어간 인력과 시간과 돈이 어마어마했다.

안 그래도 인력과 자금이 모자라 허덕이는데 이따위 일로 낭비하면 대체 어쩌잔 말인가.

현재 조직의 구성은 흑마법사와 다크나이트, 그리고 다크어쌔신으로 이루어져 있었다.

이번에 일을 벌인 자가 바로 다크어쌔신이었다.

다크어쌔신은 주로 암살과 정보에 관한 일을 맡아왔기에 조직에 있어서 정말 중요한 존재였다.

한데 그런 다크어쌔신을 무려 수백이나 잃었으니 그 타격은 이루 말할 수가 없었다.

하지만 무엇보다 가장 안타까운 것은 헬게이트에서 나온 마족이었다.

"그 마족을 얻을 수만 있었어도……."

플레더의 얼굴이 일그러졌다. 정말 아까웠다. 그 마족이 중급이든 하급이든 상관없었다. 그저 얻기만 하면 그 뒤로는 조직이 펼칠 수 있는 작전 자체가 달라질 것이다.

플레더는 심각한 표정으로 생각에 잠겼다. 아무래도 뭔가 특단의 조처를 내리지 않으면 안 될 듯했다.

그의 눈빛이 점점 섬뜩하게 변해 갔다.

*   *   *

대신관을 비롯한 일리오스 교단 사람들은 일단 바움 숲에서 나가기로 했다. 훨씬 더 철저한 준비가 필요했다.

"그나저나 이렇게 강한 기사일 거라고는 생각도 못 했네."

대신관이 딜룬에게 정중히 말했다.

"우헤헤헷! 제가 힘 좀 쓰죠."

딜룬은 어깨를 으쓱대며 말했다. 뚱뚱한 얼굴에 자만심이 차르르 흘러넘쳤다.

"우리를 구해 준 은혜는 내 절대 잊지 않겠네."

"우헤헤헷! 당연하죠. 그런 걸 잊으시면 되겠습니까? 우흐흐흐흐."

딜룬이 뭔가를 바라는 게 있다는 듯 대신관을 바라보며 손바닥을 비볐다.

그런 딜룬을 바라보던 대신관은 부드럽게 미소 지었다. 하지만 마음은 표정만큼 담담하지 않았다.

'여전하구나. 분명히 우리를 구해 준 은인이지만…… 감출 수 없이 풍겨 나오는 저 사악한 어둠은 대체 뭐란 말인가.'

아무리 봐도 딜룬은 그냥 평범한 사람이 아니었다. 딜룬에게는 누구보다 깊은 어둠이 자리 잡고 있었다. 그래서 은혜를 입었음에도 가까이하기가 어려웠다.

'뭔가가 있어.'

아무리 다시 생각해도 마찬가지 결론이 나왔다. 딜룬에게는 분명히 뭔가가 있었다. 그리고 그것이 무엇인지 반드시 알아내야 했다.

"뭔가 큰 사례를 하고 싶지만, 가진 건 없고……."

대신관이 그렇게 말을 흐리다가 빙긋 웃으며 딜룬을 향해 손바닥을 내밀었다.

"내가 가진 모든 역량을 다해 성력 샤워를 해 드리겠네. 아마 당분간은 상처를 입어도 금방 다시 나을 걸세."

우우웅.

딜룬이 채 뭐라 말을 하기도 전에 대신관의 손바닥 앞에 신성력이 모여들었다. 처음에는 백색 빛을 띠었지만 압축되고 또 압축되며 점차 황금빛으로 변했다.

그걸 모은 대신관의 얼굴에는 성스러움이 감돌았다. 하지만 시간이 지나면서 피부가 푸석푸석해지고 급격한 피로감이 깃들었다. 이대로 더 시간이 지나면 노화라도 시작될 것 같았다. 정말 모든 힘을 다 모은 것이다.

"어어…… 자, 잠깐……!"

딜룬은 그따위 것보다는 돈이 더 좋다고 말하려고 했다. 하지만 그 말은 끝내 입 밖으로 나올 수 없었다. 황금빛 구체가 대신관의 손바닥을 떠난 것이다.

"허어어어억!"

경악한 딜룬의 입에서 헛바람 빠지는 소리가 튀어나왔다.

황금빛 구체가 위로 휙 올라가더니 딜룬의 정수리로 떨어졌다.

화아아아아아아악!

사방이 백색과 황금빛으로 물들었다. 그 엄청난 빛과 성력의 향연이 딜룬을 중심으로 이루어졌다.

신관들이 일제히 두 손을 모아 기도했다. 그들로서도 이런 광경을 보는 건 결코 쉬운 일이 아니었다.

　온몸으로 일리오스의 의지가 느껴졌다.

　"일리오스시여……!"

　자신도 모르게 일리오스를 중얼거리며 눈을 감은 신관들의 중심에
는 미친 듯이 웃는 딜룬이 있었다.

　"우헤헤헤헤헤헤헷!"

　『으아아아아악! 이건 아니야! 우헤헤헤헤헤헷!』

　비명과 웃음이 어우러진 딜룬의 외침이 카이엔의 뇌리로 고스란히
전달되었다.

Chapter 3
에델슈타인 가문의 손님

카이엔이 거의 절연하다시피 가문을 떠났는데도, 브리케 백작가의 분위기는 평소와 크게 달라지지 않았다. 가문 내에서 카이엔의 위상이 어느 정도였는지 단적으로 알 수 있는 일이었다.

아랫사람들은 가문을 떠난 그를 별로 신경 쓰지 않는 듯 보였고 기사들 역시 마찬가지였다. 하지만 신경을 끊을 수 없는 사람들이 있었다.

특히 브리케 백작의 부인이자 플리게의 친어머니인 엘레나가 그러했다.

"카이엔이 에델슈타인 자작가로 갔단 말이냐?"

"예. 어머니."

플리게는 풀이 죽은 표정으로 고개를 숙였다. 실제로 풀 죽은 건 아니었지만 이렇게 해야 어머니의 도움을 제대로 받을 수 있다는 걸 알기에 조금 연기를 가미했다.

엘레나는 플리게의 모습을 가만히 살피다가 물었다.

"정말로 에델슈타인 자작가의 둘째 딸이 마음에 든 것이냐?"

"예. 그리고 그녀를 얻으면 우리 가문에도 상당한 도움이 되지 않겠습니까?"

"그건 그렇지. 하지만 에델슈타인 자작가는 그리 호락호락한 곳이 아니다."

"알고 있습니다. 그래서 그녀의 마음을 먼저 얻고자 합니다."

엘레나는 고개를 끄덕였다.

"그래. 하면 자신은 있느냐?"

"예. 지금 여러 가지 조사를 하고 있습니다."

플리게는 릴리가 어떻게 카이엔에게 마음을 빼앗겼는지 조사 중이었다. 또한 그녀의 취향을 하나부터 열까지 샅샅이 파악하고 있었다.

"그럼 문제는 하나뿐이로구나."

엘레나의 말에 플리게는 대답하지 않았다. 하지만 그 문제가 무엇인지는 알고 있었다. 그 때문에 여기 온 것이었다.

"알았으니 이만 가 보아라. 나머지는 내가 알아서 할 테니 넌 그 아이의 마음을 빼앗을 궁리만 해라."

엘레나의 말에 플리게가 반색하며 허리를 숙였다.

"감사합니다! 어머니!"

엘레나는 고개를 한 번 끄덕이고는 손짓을 했다. 나가 보라는 뜻이었다. 플리게는 조심스럽게 물러나 엘레나의 방에서 나갔다. 누구보다 가까운 자신의 편이었지만, 그래도 그는 여전히 어머니가 가장 무서웠다.

홀로 남은 엘레나의 표정이 점점 바뀌었다. 온화한 미소가 조금씩 사라지더니 사정없이 일그러진 히스테릭한 표정이 된 것이다.

"어미나 자식이나 똑같이 마음에 안 들어."

엘레나는 티테이블에 놓인 찻잔을 들어 사정없이 던져 버렸다.

쨍그랑!

찻잔이 박살 났다. 잠시 후, 시녀 하나가 조용히 들어와 부서진 찻잔의 잔해를 깨끗이 치우고 나갔다.

"그때 둘 다 죽여 버렸어야 하는 건데."

브리케 백작이 시녀를 범해 애를 낳았을 때는 불 같은 질투심에 휩싸였지만, 겉으로는 잘해 주고 위해 주는 척했다.

장미의 탑을 그녀에게 내준 것도 엘레나가 나섰기 때문이었다.

하지만 엘레나는 그렇게 겉모습을 포장하고 뒤로 음험한 일을 꾸몄다.

대외적으로는 카이엔의 모친이 병으로 죽었다고 알려졌지만, 사실은 병이 아니라 독 때문이었다.

카이엔을 죽이지 않은 건 천덕꾸러기처럼 구르는 모습을 뒤에서 보고 즐기기 위함이었다.

뒤에서 사람들을 은밀히 부추겨 카이엔을 무시하고 괴롭히게 하는 건 일도 아니었다.

그렇게 스트레스와 분노를 풀었다.

한데 그 천덕꾸러기가 이렇게 분란을 일으키고 있었다. 이럴 줄 알

앗으면 그를 이용해 스트레스를 풀기보다는 그냥 죽여 버릴 걸 그랬다.

"헬게이트에 가서 얌전히 죽어 주면 오죽 좋아?"

엘레나는 한동안 성질을 부리며 화를 쏟아 냈다. 그리고 이내 마음을 좀 가라앉히고는 누군가를 불렀다.

"반터."

"부르셨습니까. 마님."

어느새 대머리 사내 하나가 엘레나 앞에 엎드려 있었다.

"수단과 방법을 가리지 말고 죽여."

"명을 따르겠습니다."

반터가 엎드린 자세 그대로 사라졌다.

엘레나는 그제야 안정을 좀 찾았다. 반터는 그녀의 가문에서 보내 준 최고의 조력자였다. 카이엔의 모친을 죽인 독도 반터가 구해 왔고, 그 독을 쓴 것도 반터였다.

이번에도 반터가 나선 이상, 반드시 성공할 것이다.

엘레나가 찻주전자를 들고, 하나 남은 찻잔에 차를 따랐다. 그리고 우아하게 차를 즐겼다.

그녀의 얼굴에 드리워졌던 어두운 그림자가 말끔히 사라졌다. 그리고 이내 플리게에게 보여 주었던 온화한 미소를 지었다. 마치 아무 일도 없었다는 것처럼.

＊　　＊　　＊

"이놈이 대체 왜 이러는 거야?"

카이엔은 딜룬의 비명과 웃음이 머리에 울려 눈살을 찌푸렸다.

짐작은 갔다.

"성력 샤워라도 하나?"

카이엔은 그렇게 말하며 피식 웃었다. 보통사람이라면 누가 성력 샤워를 해 준다는 말만 들어도 고마워 절을 할 것이다.

성력 샤워를 받으면 한동안 병이나 상처 걱정 없이 살 수 있었다.

성력 샤워를 펼치기 위해선 고위 사제가 필요했다. 게다가 한 번 하고 나면 성력을 베푼 자는 한동안 신성력을 아예 쓰지 못하기에 정말 받기 어려웠다.

"만일 진짜로 성력 샤워라면, 남들은 한 번 받기도 어려운 걸 두 번이나 받았다는 뜻이네. 어떤 면에서는 대단한데?"

다만 당사자가 그걸 원하지 않다는 문제가 있긴 하지만 말이다.

카이엔은 창가로 다가갔다. 창밖으로 에델슈타인 자작가의 전경이 보였다. 정말 어마어마한 규모였다.

에델슈타인 자작가는 능력이 있는 사람에게 지원을 아끼지 않았다. 그들을 식객으로 받아들여 여차할 때 힘을 빌릴 수 있도록 했다.

또한 그들을 유심히 관찰하고 걸러내 가문의 가신으로 받아들이기도 했다.

그런 일은 비단 에델슈타인 자작가뿐 아니라 유수의 명문가에서 흔히 행하는 일이었다. 다만, 에델슈타인 자작가는 그 규모가 다른 가문과는 비교가 어려울 정도로 엄청나다는 점이 달랐다.

물론 카이엔은 식객이 아니었다. 그저 릴리의 손님일 뿐이었다. 하지만 이곳에 와서 식객들과 약간의 교류를 나누었다.

워낙 다양한 사람이 모여 있었기에 각각의 관심이 달랐고, 그러다 보니 다양한 소문과 정보를 접할 수 있었다.

그중 하나가 바로 자신에 대한 것이었다.

"분명히 누군가 정보를 조작하고 있는 게 분명한데……."

사실 헬게이트 원정군의 유일한 생존자라면 이슈의 중심에 서는 게 당연했다. 그래서 얼마 전 브리케 백작가에서 열린 파티도 그렇게 성황이었던 것이고 말이다.

한데 그 파티 이후로 카이엔에 대한 소문이 거의 사라졌다. 또한 원정군이 헬게이트를 넘기 전에 카이엔이 빠져나갔다는 정보도 함께 돌아다녔다.

그 외의 다른 것들은 철저히 가려졌다. 이는 누군가 의도적으로 카이엔에 대한 소문과 정보가 퍼지지 않도록 막지 않고서는 벌어질 수 없는 일이었다.

물론 카이엔도 일부 개입을 했다. 바리둔에게 명령해 암흑가를 움직여 소문을 차단하고 헛소문을 함께 퍼트렸다.

하지만 그것만으로 이 정도 성과를 얻는 건 불가능했다. 누가 개입했는지는 사실 뻔했다.

"슈베르트 백작인가? 설마 이 정도 역량이 있을 줄은 몰랐군. 그저 검밖에 모르는 기사인 줄 알았더니."

어쩌면 다른 사람에게 도움을 청했을지도 모른다. 바스하이트 후작 같은 수완가에게 말이다.

어찌 되었건, 카이엔으로서는 나쁠 게 없었다. 자신에 관한 내용은 철저히 가려지는 편이 나았다. 적어도 헬게이트를 모두 없앨 때까지는 말이다.

가장 처음 자신에 대해 알릴 사람으로 슈베르트 백작을 선택한 것도 그런 이유였다. 물론 그가 리터의 아버지라는 점도 중요했지만 말이다.

"그나저나…… 오늘은 릴리도 찾아오지 않는군. 뭔가 바쁜 일이라도 있나?"

카이엔이 온 뒤로 릴리는 하루에도 몇 번씩 카이엔을 찾아왔다. 그녀는 카이엔과 약혼을 한 적은 있어도 이렇게 가까워진 적은 처음이었기에 그와 함께하는 매 순간을 즐거워했다.

카이엔이 창밖을 내다보며 고개를 갸웃거리고 있을 때, 갑자기 방문이 벌컥 열렸다.

그리고 무트가 성큼성큼 들어왔다.

카이엔은 천천히 돌아섰다.

"노크도 없이 함부로 들어오는 건 예의가 아니지 않습니까?"

카이엔이 너무나 담담한 말투로 말하자, 무트의 입가가 실룩였다. 마음에 안 드는 점이 하나 더 추가되었다.

"내가 얼마나 오늘 이 순간을 기다렸는지 아마 넌 모를 거다."

무트의 말에 카이엔이 빙긋 웃었다.

"왜 모를 거라고 생각하십니까?"

"뭐? 그럼 안단 말이냐?"

"절 볼 때마다 대놓고 살기를 풀풀 피워대는데 어떻게 모르겠습니까?"

"그걸 알면서 날 무시했단 말이냐?"

무트가 인상을 썼다. 하지만 이내 흠칫 놀랐다. 지금 이 말은 자신의 살기를 아무렇지도 않게 견뎌 냈다는 뜻 아닌가.

카이엔이 정말 힘들었다는 듯 손으로 이마를 짚으며 고개를 절레절레 저었다.

"정말 힘들었습니다. 죽이고 싶은 충동을 억누르려니…… 살기를 내비친 놈을 살려 둔 적이 없어서."

카이엔은 그렇게 말하며 무트를 똑바로 쳐다봤다. 카이엔의 눈이 번득였다.

그 눈빛을 마주한 무트는 갑자기 온몸이 쪼그라드는 느낌이 들었다. 그리고 그 느낌이 상대에 대한 두려움이라는 걸 깨닫고는 이를 악물었다.

'내가 두려워한다고? 저 애송이를? 이 무트가?'

무트는 억지로 감정을 가라앉히고는 카이엔에게 말했다.

"나가자."

카이엔이 씨익 웃었다.

"싫습니다."

무트가 이를 드러내며 으르렁거렸다.

"그럼 집기나 가구가 많이 부서질 텐데? 참고로 우리 에델슈타인 가문에서는 아무리 손님이라도 철저히 배상을 받아 내지. 집에서 쫓겨나 돈도 없을 텐데 무리하지 마라."

무트는 뭔가가 떠올랐다는 듯 말을 덧붙였다.

"아참, 여기 있는 가구는 몽땅 최고급이다. 아마 하나만 부서져도 평생 노예처럼 썩어야 할걸?"

카이엔은 그 말을 듣고는 빙긋 웃었다. 그리고 무트를 향해 손가락을 까딱였다. 어서 오라는 듯이.

무트의 표정이 대번에 굳었다.

"네놈의 버릇을 아주 단단히 고쳐 놓지 않으면 안 되겠구나. 적당히 손만 봐주려고 했는데 아무래도 제대로 밟아 놓지 않으면 두고두고 골치 아플 것 같아."

무트가 카이엔을 향해 한 발 성큼 내디뎠다. 딱 한 방이면 된다. 한 방이면 정신이 번쩍 들게 해 줄 자신이 있었다. 무트는 손가락에 오러를 슬그머니 보냈다.

'이대로 정수리를 쥐어박는다. 네놈이 어디로 피할지 훤히 보인다.'

무트는 슈베르트 백작에 버금가는 실력자, 상대의 자세나 눈빛만 봐도 어떤 식으로 움직일지 예측이 가능했다.

오러가 살짝 깃든 주먹에 맞으면 그 오러가 자연스럽게 사라질 때까지 끊임없이 고통받게 된다. 그 고통은 말로 설명할 수 없을 정도로 지독했다.

무트는 그거면 카이엔의 버릇을 충분히 고칠 수 있을 거라고 여겼다.

그동안 호시탐탐 기회를 노렸는데, 릴리가 계속 관심을 두는 바람에 일을 저지를 수가 없었다. 한데 오늘 릴리의 손님이 찾아오면서 아주 자연스럽게 기회가 생긴 것이다.

"자, 각오 단단히 해라."

무트가 또 한 걸음 다가갔다. 그 순간 카이엔이 슬쩍 움직였다. 무트의 예상에서 한 치도 벗어나지 않았다. 무트의 입가에 회심의 미소가 어렸다.

그 순간 무트의 눈앞이 캄캄해졌다.

*　　*　　*

"끄응."

무트는 신음을 흘리며 눈을 떴다. 낯익은 천장이 보였다.

"무트 경, 괜찮으세요?"

옆에서 릴리의 목소리가 들렸다. 무트는 그제야 정신이 번쩍 들었다.

'맞아! 그놈은?'

무트는 자리에서 벌떡 일어나 주위를 둘러봤다. 자신의 방이었다. 그리고 릴리가 보였다. 릴리 옆에 나란히 서 있는 카이엔도.

카이엔에게 분노의 손가락질을 하려던 찰나, 릴리가 눈물이 그렁그렁한 눈으로 다가왔다.

"다행이에요. 얼마나 놀랐는지 몰라요. 카이엔 오라버니가 발견하지 못했으면 큰일 날 뻔했지 뭐예요."

순간 무트의 눈에 의아함이 어렸다. 카이엔에 대한 분노를 이 상황에 대한 의문이 덮어 버렸다.

"대체…… 뭐가 어떻게 된 겁니까?"

무트의 질문에 릴리가 눈물을 한 번 훔치고는 말했다.

"무트 경이 정원에 쓰러져 있는 것을 우연히 카이엔 오라버니와 제가 발견했어요. 오라버니께서 무트 경을 업고 여기까지 오셨어요."

무트의 입이 쩍 벌어졌다. 이게 대체 어떻게 된 일이란 말인가.

"대체 무슨 일이 있었던 건가요?"

릴리의 물음에 무트는 말문이 콱 막혔다. 카이엔을 혼내 주려고 방에 갔다가 정신을 잃었다고 어떻게 말한단 말인가.

'게다가 정원에 있었다고? 그걸 아가씨와 둘이서 발견해?'

무트는 카이엔을 바라봤다. 카이엔은 한쪽 입꼬리를 슥 올린 채 웃고 있었다.

그걸 보니 상황이 대충 그려졌다.

'저, 저놈이 감히! 그러니까 날 정원에 내다 버렸다, 이거지?'

어이가 없었다. 무트는 기억을 차근차근 되짚어 봤다.

'그러니까 저놈을 한 대 쥐어박으려고 찾아가서…… 저놈의 움직임을 예측하고……!'

딱 거기까지였다. 그 뒤의 일이 기억에 없었다. 그게 의미하는 바가 뭐겠는가.

'설마 내가 저놈에게 당했단 말인가?'

하지만 당한 기억도 없었다. 그저 눈앞이 까매진 것이 전부였다. 아마 그때부터 기억이 사라진 모양이었다.

무트의 머리가 평소와 달리 팽팽 돌아갔다. 그리고 그럴듯한 결론 하나를 도출해 냈다.

'저놈! 독을 쓴 건가?'

그렇게 생각하니 모든 것이 맞아떨어졌다. 자신을 도발하면서 보인 그 자신만만한 태도. 철저한 준비가 되지 않은 자라면 감히 지을 수 없는 표정이었다.

게다가 밖에 나가자고 했는데 나가지 않았다. 가구가 부서질 수도 있는데 말이다.

그렇게 생각하니 소름이 끼쳤다.

'내가 찾아올 걸 예상하고 미리 준비를 해 뒀단 말이잖아!'

무트는 새삼스러운 눈으로 카이엔을 노려봤다. 물론 포기할 생각은 전혀 없었다.

'네 버릇은 내가 꼭 고쳐 준다. 다음에는 이렇게 당하지 않아!'

무트는 이를 갈려다가 릴리를 보고는 어색하게 웃었다.

"제가 괜한 걱정을 끼쳐드렸군요. 염려하지 않으셔도 됩니다."

릴리가 걱정스러운 표정으로 고개를 저었다.

"아뇨. 걱정할 거예요. 그러니 무리하지 마세요. 오라버니께서 나이 드신 분들은 가끔 이렇게 정신을 잃다가 기억까지 흔들린다고 하더라고요. 휴식이 꼭 필요해요."

릴리의 걱정 어린 말에 무트가 흐뭇하게 웃으려다가 딱 굳었다.

'자, 잠깐! 뭐?. 기억이 흔들려? 나, 나보고 늙었으니 치매 걱정하라는 뜻이잖아!'

무트가 고개를 휙 돌려 카이엔을 노려봤다. 하지만 카이엔은 그저 빙긋 웃을 뿐이었다.

그 모습이 어찌나 얄미운지 무트는 살기 어린 미소를 지었다.

'이제 안 봐준다. 넌 죽었어.'

무트는 결의에 결의를 다졌다. 다음 기회가 오면 반드시 혼내 주고 말 것이다. 눈물을 쏙 빼 줄 것이다.

'이 치욕을 갚지 않으면 무트가 아니지.'

무트는 순간적으로 릴리가 있다는 것도 잊고 이를 부득부득 갈았다.

그 모습을 릴리가 놀라서 바라봤다. 그제야 정신을 차린 무트가 또 어색하게 웃었다.

"무, 무트 경……."

릴리가 안쓰러운 눈으로 무트를 바라봤다. 무트는 그 눈빛에 담긴 의미를 깨닫고 맹렬히 손사래를 쳤다.

"아, 아닙니다, 아가씨! 저 기억 멀쩡합니다! 머리 멀쩡해요! 이렇게 건강하다니까요!"

무트는 그 뒤로도 한동안 릴리를 달래야만 했다. 그리고 그걸 재미있다는 듯이 지켜보는 카이엔을 보면서 복수심을 불태웠다.

*　　　*　　　*

"우흐흐흐. 이제 어디로 가는 겁니까?"

딜룬의 물음에 나란히 걷던 에르미스가 흠칫 놀랐다. 하지만 이내 쓴웃음을 짓고는 대답했다.

"다시 대신전으로 돌아가야지요."

딜룬은 고개를 끄덕이고는 에르미스 옆으로 조금 다가갔다. 너무나 자연스럽게 에르미스는 그만큼 물러났다.

불과 얼마 전에 딜룬을 끌어안고 눈물 흘린 사람이라고는 믿을 수 없는 모습이었다.

"슬슬 숲을 벗어났으니 저도 이만 가봐야겠군요. 우흐흐흐."

딜룬의 말에 에르미스가 깜짝 놀랐다.

"예? 가신다고요? 어디로요?"

"어디긴 어디겠습니까. 우흐흐흐흐."

그제야 에르미스는 딜룬이 어떤 사람인지 떠올렸다. 딜룬은 카이엔의 호위기사 아닌가. 그러니 당연히 카이엔이 있는 곳으로 가겠지.

"일 마무리하신 다음 얼른 제게 오십시오. 우흐흐흐."

에르미스는 고개를 끄덕였다.

"예. 금방 찾아갈게요."

에르미스에게는 딜룬과 함께해야 할 이유가 분명히 있었다. 불과 얼마 전에도 바움 숲에서 대신관으로부터 지시를 받았다. 딜룬의 정체를 더 알아보라고.

대신관의 성력 샤워를 정면으로 견뎌 냈으니 마족일 리가 없지만, 그래도 대신관은 뭔가가 꺼림칙하다고 했다.

대신관의 말을 떠올린 에르미스는 떨떠름한 표정으로 딜룬을 바라봤다.

딜룬이 살아서 돌아왔을 때는 정말 기뻤다. 그 순간의 감정에 자신도 놀랄 정도였다. 하지만 그러한 감정에 휩싸였던 시간은 지극히 짧았다.

불과 몇 시간 만에 원래의 거리감을 되찾았다. 딜룬은 끊임없이 다가왔고, 에르미스는 그때마다 밀어내고 물러났다.

'정말 이상해…… 대체 왜 딜룬 경에게서 이렇게 짙은 어둠이 느껴

지는 걸까.'

에르미스는 보통 신관이 아니었다. 고위 사제 중에서도 상당한 실력을 갖췄다. 그래서 더더욱 딜룬이 가진 모순적인 느낌 때문에 혼란스러웠다.

딜룬은 마족과 목숨 걸고 싸워 자신은 물론이고 대신관과 성기사, 신관들을 구해 냈다.

그 일만 두고 보면 정말 정의롭고 올바른 사람이었다. 하지만 딜룬과 잠시만 함께 지내다 보면 그 모든 생각이 싹 날아가 버린다.

게다가 끊임없이 에르미스를 자극하는 깊은 어둠은 계속 그녀로 하여금 경각심을 가지게 했다.

"그럼 전 이만."

딜룬은 한쪽 팔을 배에 두르며 멋들어지게 허리를 숙였다. 물론 뚱뚱한 체형 때문에 우스꽝스러워 보였지만.

신관 몇이 억지로 웃음을 참았다. 하지만 에르미스는 그 모습을 보고 웃지 않았다. 그녀는 딜룬보다 더 정중하게 허리를 숙였다.

"정말 고마워요."

에르미스의 진심 어린 감사 인사에 딜룬이 헤벌쭉 웃었다.

"이거…… 기분이 이상하군요."

딜룬은 그 말을 남기고 훌쩍 떠나 버렸다.

에르미스는 방금까지 딜룬이 서 있던 자리를 가만히 바라보다가 몸을 돌렸다.

"어서 가죠. 시간이 없습니다."

신관들에게 말을 하는 에르미스의 표정은 지극히 차가웠다. 신관들은 왠지 모를 한기를 느끼며 얼굴에서 웃음기를 지웠다.

이내 다들 걸음을 서둘렀다. 조만간 이곳 바움 숲은 일리오스 교단이 장악할 것이다.

*   *   *

무트의 방에서 나온 릴리는 걱정스러운 눈으로 카이엔을 바라봤다.

"괜찮을까요?"

카이엔이 빙긋 웃으며 고개를 끄덕여 주었다.

"괜찮으니 걱정하지 마."

카이엔이 너무 아무렇지도 않게 말하니 안심이 되었다.

"정말 괜찮겠죠?"

"그래. 아마 내일이면 거뜬히 일어날 거야."

카이엔은 그렇게 말하며 속으로 웃었다. 무트는 꼼짝없이 내일까지 방에서 나올 수 없게 되었다. 릴리가 눈물을 흘리며 그렇게 부탁했는데 그 말을 어길 리 없었다.

무트는 생각보다 고지식한 기사였다. 일단 약속을 하면 피치 못할 사정이 생기지 않는 한 어기지 않았다.

'성격을 보아하니 좀이 쑤시겠군.'

무트는 전형적인 활동형 기사였다. 잠시라도 움직이지 않으면 좀이 쑤셔서 견디지 못하는 사람 말이다.

그런 사람이 방에 갇혀 움직이지 못하니 얼마나 답답하겠는가. 그 정도면 무트의 행동에 대한 충분한 벌을 줬다고 할 수 있었다.

'그냥 여기서 끝내지는 않겠지?'

카이엔이 씨익 웃었다. 당분간 에델슈타인 자작가에서 심심할 일은 없을 듯했다.

"저⋯⋯."

릴리가 조심스럽게 말을 걸었다. 카이엔은 무슨 일이냐는 듯 그녀를 보며 빙긋 웃어 주었다.

릴리가 얼굴을 붉히며 슬그머니 시선을 돌렸다. 이렇게 서로 웃으며 마주 보고 있으려니 심장이 뛰어서 견딜 수가 없었다.

"그, 그러니까⋯⋯ 손님이 찾아오셨어요."

"손님? 아, 그리고 보니 아까 날 데리고 어딘가로 가려고 했었지?"

그래서 아주 자연스럽게 릴리를 무트가 널브러진 정원으로 데려갈 수 있었다.

릴리의 표정이 살짝 굳어졌다.

"저⋯⋯ 혹시 제니를 아시나요?"

"제니?"

카이엔은 잠시 기억을 더듬었다. 그리고 금세 제니가 누군지 알아냈다.

"아, 제니 폰 아이트를 말하는 건가?"

릴리가 쓴웃음을 지으며 고개를 끄덕였다. 역시 아는 사이였다.

"예. 맞아요. 아이트 백작가의 제니."

카이엔의 눈이 살짝 커졌다.

"설마 그 손님이라는 게 제니였어?"

"네. 원래는 절 찾아왔는데, 갑자기 오라버니 얘기를 꺼내더라고요."

즉, 이곳에 카이엔이 있다는 얘기를 듣고 찾아왔다는 뜻이었다.

카이엔이 흥미로운 눈으로 턱을 쓰다듬었다.

'나랑 굳이 가까이하고 싶지 않았던 것 같은데?'

카이엔은 당시 제니의 기분을 거의 정확히 파악했다. 앞으로 잘해 보자고 손을 잡는 순간 꺼림칙하게 변하던 눈빛을 분명히 확인했다.

'내가 먼저 찾아가지 않으면 다시 만날 일이 없을 거라고 여겼는데…… 무슨 일이라도 있나?'

카이엔의 표정이 변하는 걸 유심히 살피던 릴리가 약간 시무룩해진 얼굴로 말을 이었다.

"제니가 오라버니를 뵙고 싶어 하는데…… 어떻게 하죠? 만나실 건가요?"

솔직한 마음으로는 카이엔이 딱 잘라 거절했으면 좋겠다는 생각이 들었다. 릴리는 그런 기대감을 약간 담아 카이엔을 바라봤다.

"만나 봐야지."

"네…… 그렇군요. 그럼 이쪽으로 오세요."

릴리는 힘없이 대답하고는 앞장서서 걸어갔다. 카이엔은 그런 릴리의 뒷모습을 보며 씨익 웃고는 릴리를 따라갔다.

*　　　*　　　*

릴리가 카이엔을 데려간 곳은 화사하게 꾸며진 작은 정원이었다. 정원은 온통 꽃밭이었다. 꽃으로 사방이 둘러싸여 있었다.

그곳 한가운데 놓인 테이블에 제니가 앉아 있었다.

"제법 괜찮은 정원이로군."

카이엔은 나직이 감탄하며 제니가 앉은 테이블로 다가갔다. 그러자 제니가 자리에서 일어나 카이엔에게 인사를 건넸다.

"오랜만이네요."

제니가 카이엔에게 눈웃음을 쳤다. 역시 자신이 어떻게 해야 가장 예뻐 보이는지 잘 아는 여자다웠다. 아마 보통 남자라면 이 한 방에 무너졌을 것이다.

"며칠 안 되지 않았나?"

"제게는 상당히 긴 시간이었답니다."

이번에는 요염하게 웃었다. 한 번에 안 넘어가고 버티던 남자들도 이쯤 되면 연이은 그녀의 교태에 쓰러질 수밖에 없으리라.

물론 이번에도 상대가 카이엔이었기에 거의 소용이 없었다. 카이엔은 말없이 테이블 앞에 놓인 의자에 앉았다.

그러자 릴리가 냉큼 달려와 카이엔 옆에 앉았다.

둥그런 테이블은 제법 컸고, 의자도 많았다. 제니가 앉았던 곳은 카이엔의 정면이었다. 하지만 제니는 다시 그 자리에 앉지 않고, 굳이 카이엔 옆으로 다가가 앉았다.

"거기 앉으면 얘기하기 불편하지 않아?"

"아뇨. 이렇게 가까이 앉아야 서로 하는 말이 잘 들리죠."

전혀 대수롭지 않다는 듯 말하는 제니의 모습에 릴리가 입술을 삐죽 내밀며 고개를 돌렸다.

"자, 시간 끌지 말고 하고 싶은 얘기가 있으면 해 봐."

제니는 잠시 망설였다. 그녀의 긴 속눈썹이 슬며시 아래로 내려왔다. 살짝 위에서 내려다보는 제니의 얼굴은 상당히 아름다웠다.

'저게 본능이든 계산이든 정말 대단한 여자로군.'

카이엔은 이제 감탄했다. 제니의 표정이나 행동 하나하나 어디에도 빠짐없이 남자에게 매력을 어필하는 무언가가 담겨 있었다.

만일 그게 본능이라면 엄청난 색기를 타고난 셈이고, 그게 아니라 계산이라면 정말로 무서운 여자일 것이다.

"우리 앞으로 잘해 보기로 했잖아요."

제니의 말에 카이엔이 고개를 끄덕였다. 파티가 있던 날, 분명히 서로 손을 잡으며 그렇게 말했다.

그걸 보던 릴리가 어느새 살짝 창백해져서는 카이엔을 바라봤다.

"그, 그게 정말인가요?"

제니가 화사하게 웃었다.

"서로 도움이 될 거라고 생각했거든. 맞죠?"

카이엔이 고개를 끄덕였다. 당시 분명히 그런 생각을 했다. 제니의 적극적인 모습에 카이엔은 고개를 갸웃거렸다.

"정말 아무 일 없는 거야?"

제니가 그렇다고 말하려는 순간, 카이엔이 먼저 말을 이었다.

"잘 생각하고 대답하는 게 좋을 거야. 나도 할 일이 많은 사람이니까."

제니는 카이엔이 말하는 바가 무엇인지 분명히 알아들었다. 그래서 대답하려던 말을 바꿨다.

"있어요."

그제야 카이엔이 빙긋 웃었다. 역시 그랬다. 그게 아니라면 제니가 이렇게 애써서 카이엔을 찾아올 리 없었다.

"그런데 딜룬 경이 안 보이네요."

"딜룬? 일이 있어서 잠깐 나갔어. 왜? 딜룬이 필요한 일이야?"

제니가 약간 처연한 표정을 지으며 고개를 끄덕였다.

"솔직히 말씀해 주세요. 딜룬 경의 실력이 어느 정도죠?"

"왜? 결투할 일이라도 있나?"

제니가 입술을 깨물며 고개를 끄덕였다.

카이엔은 물론이고 릴리도 깜짝 놀랐다. 아이트 백작가는 상당한 명문가였다. 재력은 물론이고 보유한 기사단도 강력했다.

한데 그런 아이트 백작가에서 결투 상대를 찾으려 한다니 뭔가 앞뒤가 맞지 않았다.

"아이트 백작가에는 청사자 기사단이 있잖아. 그들이 지금 대화를 들었다면 기분 좋아할 것 같지 않은데……."

릴리의 말에 제니의 표정이 살짝 굳었다. 그리고 잠시 뜸을 들이다가 어렵게 말을 꺼냈다.

"그 청사자 기사단과의 결투예요."

릴리의 눈이 커다래졌다. 그만큼 제니의 말은 놀라웠다. 대체 아이트 백작가의 여식이 왜 청사자 기사단과 결투를 한단 말인가.

반면 카이엔은 느긋하기 그지없었다.

"어려운 일은 아니군. 그럼 어떻게 된 일인지 자세히 설명해 봐. 괜한 집안싸움에 끼어들고 싶은 생각은 없으니까."

"괜한 집안싸움은 아니에요. 가문의 후계자를 결정하는 일이니까."

카이엔이 더 설명하라는 듯 눈짓하자 제니가 말을 이었다.

"하아. 원래 우리 아이트 백작가의 후계자가 누군지는 아시나요?"

카이엔이 그걸 알 리 없었다. 대답은 릴리가 해 주었다.

"파울러 님이지?"

제니가 고개를 끄덕였다. 파울러는 아이트 백작가의 첫째 아들이었다. 불과 얼마 전까지는 아무 문제 없이 파울러가 가문을 이어받기로 되어 있었다.

한데 아이트 백작의 동생이 후계자 싸움에 뛰어들었다. 그것도 백작과 25살이나 차이 나는 어린 동생이 말이다.

"문제는 어린 숙부가 청사자 기사단을 장악하고 있다는 점이에요."

"수완이 대단한데?"

카이엔이 감탄하자, 제니가 쓴웃음을 지었다. 그리고 릴리가 나서서 정리해 주었다.

"수완이 아니에요. 그가 기사단장이에요."

릴리의 말에 제니가 고개를 끄덕이며 말을 이었다.

"맞아요. 결투를 제안한 것도 숙부예요."

"자기를 이기지 않으면 못 물러난다, 이건가?"

"아뇨. 자기가 지정하는 기사를 이기라고 했어요."

"그래도 양심은 있군."

"그가 청사자 기사단에서 가장 강해요."

카이엔이 피식 웃었다. 청사자 기사단이 얼마나 대단한지는 모르겠지만, 제니가 전전긍긍하며 자신을 찾아왔을 정도라면 보통이 아니라는 뜻이었다.

한데 그런 기사단 최강자를 내세워 결투를 제안하다니, 그냥 날로 먹겠다는 뜻 아닌가.

"한데 백작님이 그걸 그냥 가만히 보고 있는 거야?"

"하아. 역량을 보시려고 하는 것 같아요."

"역량?"

갑자기 카이엔의 머릿속이 환해졌다.

"아하. 상황 자체가 시험이로군."

제니가 그제야 조금 풀어진 표정으로 고개를 끄덕였다.

"저도 그렇게 보고 있어요. 아버지께서는 아직 전혀 언급이 없으시니 그저 짐작일 뿐이지만요."

"그래서 시험을 통과하지 못하면 어떻게 되는 거지?"

"어린 숙부에게 가문이 넘어가겠죠."

"그냥 시험이라면서?"

"아버지는 그런 분이에요."

"여기나 저기나 가문을 위해서라면 뭐든 거리낌이 없군."

카이엔의 얼굴에 떠오른 미소가 살짝 비틀렸다. 방금 제니가 의도적으로 아이트 백작의 성향에 대해 얘기한 건지 어떤지는 모르겠지만, 그게 계산한 거라면 성공이었다. 카이엔이 도와주기로 마음먹었으니까.

"그래서 다시 물어볼게요. 딜룬 경의 실력이 정확히 어느 정도인가요?"

제니는 그것부터 확실히 파악해야만 했다. 딜룬이 비록 클링을 이기긴 했지만, 이번에 청사자 기사단에서 내보낼 기사는 그보다 훨씬 강했다.

만일 전에 파티장에서 본 딜룬의 실력이 전부라면, 그를 결코 이길 수 없을 것이다.

"상대가 누구든 딜룬이 질 일은 없어."

제니가 카이엔의 눈을 똑바로 바라봤다. 전혀 흔들림 없는 자신만만한 눈이었다. 전에도 믿었듯 이번에도 믿고 싶었다.

"믿을게요. 도와주세요."

카이엔이 느긋하게 의자에 등을 기댔다. 도와주는 건 어렵지 않다. 상대가 아무리 강해 봐야 인간이었다. 인간이 마족을 이길 가능성은 거의 없었다.

이제 남은 문제는 과연 대가로 무엇을 받아 내느냐였다.

카이엔이 불쑥 손을 내밀었다. 제니는 그게 무슨 의미인지 파악하려고 카이엔의 얼굴과 손을 번갈아 쳐다봤다.

"아!"

제니가 반색하며 카이엔의 손을 잡았다.

카이엔이 씨익 웃었다.

"우리 잘해 보자고."

"나중에 정말 큰 도움이 되어 드릴게요."

"그 말 꼭 기억해 두지."

두 사람이 맞잡은 손을 가볍게 흔들었다.

옆에서 그걸 지켜보던 릴리가 갑자기 그 위에 자신의 손을 탁 얹었다.

"저도 도와드릴게요."

카이엔이 고개를 돌려 릴리를 바라보자 릴리의 얼굴이 살짝 붉어졌다.

"뭐든지요."

카이엔이 씨익 웃었다. 조력자는 많으면 많을수록 좋았다. 앞으로 할 일에는 사람이 정말 많이 필요할 테니까.

"좋을 대로."

세 사람이 그렇게 서로 손을 맞잡고 있을 때, 누군가가 빠르게 달려왔다.

그를 본 릴리가 의아한 표정을 지었다. 그는 릴리의 시녀였다. 릴리는 자신이 이곳에 있는 동안 누구도 만나지 않겠다고 미리 말해 뒀다. 한데 저렇게 급히 달려오는 걸 보니 뭔가 중요한 일이 생긴 모양이었다.

릴리 앞에 도착한 시녀는 호흡을 가다듬을 틈도 없이 빠르게 말했다.

"아가씨! 손님입니다!"

"손님?"

릴리가 어이없는 표정을 지었다. 고작 손님 하나 왔다고 저렇게 호들갑을 떨어야 하는 건가? 대체 얼마나 중요한 손님이기에 저런단 말인가.

"빠, 빨리 가보셔야 할 것 같아요."

시녀의 시선이 카이엔에게로 돌아갔다. 즉, 릴리의 손님이 아니라 카이엔의 손님이라는 뜻이었다.

카이엔이 눈을 살짝 크게 뜨며 손가락으로 자신을 가리켰다.

그러자 시녀가 고개를 끄덕였다.

"네. 맞습니다. 지금 막무가내로 들어와서……."

시녀는 채 말을 끝내지 못했다. 갑자기 정원에 들어온 사람 때문이었다.

"우헤헤헷! 주인님! 여기 계셨군요. 우헤헤헤헷!"

모두의 시선이 정원 입구로 향했다. 그곳에는 뚱땡이 딜룬이 반가운 얼굴로 손을 크게 흔들고 있었다.

그리고 딜룬 뒤에는 에델슈타인 자작가의 기사들이 우르르 달려오고 있었다.

카이엔이 손으로 이마를 짚었다. 정말이지 사고뭉치 딜룬다웠다.

『너 이번에도 일부러 이런 거지?』

『무슨 말씀을! 주인님을 한시라도 빨리 만나고 싶은 충직한 종의 마음을 왜 몰라주십니까. 우헤헤헤헷!』

『입꼬리나 내리고 말해.』

『끄아악! 너무하십니다!』

딜룬은 속으로 비명을 지르며 정원으로 쑥 들어왔다. 그리고 카이엔 옆에 앉은 두 여인을 보며 눈이 휘둥그레졌다. 딜룬의 손가락이 릴리와 제니를 번갈아 가리켰다.

이는 대단히 무례한 짓이었지만, 지금 이곳에서 그걸 신경 쓰는 사람은 아무도 없었다. 딜룬의 등장 자체가 제법 충격적이었기 때문이다.

"평생 솔로로 썩을 줄 알았더니! 둘이나! 이 바람둥이!"

이마에 손을 짚은 카이엔의 발이 그림자를 꾸욱 밟았다.

『끄아아아아아악!』

『네 진심은 아주 잘 들었다.』

카이엔이 발에 더욱 힘을 주었다.

Chapter 4
전투사제 티에라

"우흐흐흐흐. 드디어 이 몸의 진가가 드러나는군요."

딜룬이 어깨를 으쓱으쓱하며 잘난 척을 했다.

"괜히 실수하지 말고 잘해."

"홋. 어설픈 기사 하나 족치는 데 실수할 게 뭐 있겠습니까? 우흐흐흐."

카이엔도 별다른 대꾸를 하지 않았다. 확실히 보통 사람이 마족을 상대하는 건 불가능했다. 아무리 강력한 기사라 해도 딜룬을 이길 수는 없었다.

"우흐흐흐흐. 그건 그렇고…… 대체 언제 이렇게 착실히 작업을 해두신 겁니까? 둘 다 괜찮아 보이던데. 게다가 한 명은 예전 파티에서 본 그 여자 맞죠? 우흐흐흐흐."

딜룬이 카이엔에게 바짝 얼굴을 갖다 대며 음흉하게 웃자, 카이엔이 대번에 인상을 찡그렸다.

"그런 거 아니니까 얼굴 저리 치워라."

"우흐흐흐. 아니긴 뭐가 아닙니까? 딱 보니까 그런 분위기던데. 우흐흐흐."

카이엔은 더 말해 봐야 딜룬이 물러날 것 같지도 않고, 또 좋은 방향으로 대화가 흐를 것 같지도 않아 일단 말을 돌렸다.

"갔던 일은 어떻게 됐어?"

딜룬의 얼굴이 더욱 의기양양해졌다.

"어떻게 되긴 어떻게 됩니까? 잘 해결했지. 제가 누굽니까. 딜룬입니다, 딜룬."

딜룬은 가슴을 쫙 펴고는 자신의 활약상에 대해 구구절절 늘어놓았다. 자신을 드러낼 찬스에서는 결코 물러남이 없었기에 카이엔이 원하던 것보다 훨씬 많은 얘기를 들을 수 있었다. 물론 쓸데없는 얘기도 엄청나게 많았다.

"헬게이트에 힘을 공급했다, 이거지?"

카이엔은 내심 고개를 끄덕였다. 다른 헬게이트에도 그런 식으로 힘을 공급할지 모른다. 만일 그렇게 내외에서 힘을 모으면 단숨에 귀족급 마족을 내보낼 수 있을 것이다.

"몇 명이라고 했지?"

"3천 명입니다."

"3천 명이라……."

3천 명을 희생해서 기능을 거의 상실한 거나 다름없는 헬게이트에서 중급 마족을 뽑아냈다. 카이엔은 대충 머릿속으로 계산을 해 봤다. 그리고 고개를 끄덕였다.

"상급 마족을 뽑아내는 건 쉽지 않겠군."

중급 마족과 상급 마족의 차이는 어마어마하다. 중급 마족을 꺼내는 데 3천 명의 목숨이 필요했다면, 상급 마족을 꺼내기 위해서는 최소 10만 명 이상이 있어야 한다.

"그나저나 꼭 그렇게 싹 죽였어야 했나? 몇 놈 살려 뒀으면 좋잖아."

"우흐흐흐. 어차피 알아내기 어렵다는 거 아시잖습니까? 지난번 그 흑마법사한테도 별로 알아낸 게 없는데 그놈들이라고 다르겠습니까?"

"그건 그렇지."

카이엔은 고개를 끄덕이고는 말을 이었다.

"신전을 공격할 정도면 보통 미친놈들이 아닌 모양이야."

"헬게이트도 열었는데 신전쯤이야 눈에 들어오기나 하겠습니까?"

"역시 그놈들이 헬게이트를 연 거겠지?"

"헬게이트야 씨프로가 열었죠. 우흐흐흐."

씨프로는 딜룬을 거느렸던 마왕이다. 실제로 헬게이트는 그가 열었다. 하지만 그도 시드가 없었다면 헬게이트를 열지 못했을 것이다.

"시드가 총 네 개였다고 했지?"

"맞습니다. 워낙 요란하게 떨어져서 확실히 알고 있습니다."

"그놈들 대체 시드를 어떻게 마계로 보낸 거지?"

"우흐흐흐. 그걸 알면 제가 이렇게 가만히 있었겠습니까?"

카이엔 몰래 시드를 만들어 마계로 던지면 곳곳에 헬게이트가 열릴 것이다. 최하급 마물만 무더기로 쏟아져 나와도 인간은 결코 막지 못한다.

아무리 카이엔이 강해도 온 대륙을 혼자서 막을 수는 없었다. 그러는 사이 인간계가 마계화되면 결국 마계의 마왕이 인간계로 올라오게 될 것이다.

그때부터 인간계가 진정한 마계로 바뀌게 된다. 그렇게 되면 인간은 더 이상 살아남기 어려울 것이다.

마계에서는 수시로 마물이 생겨난다. 아무리 없애도 끊임없이 수급되는 마물을 어떻게 막을 수 있겠는가.

물론 그렇게 인간계를 마계화하더라도 딜룬은 카이엔을 벗어날 수 없겠지만 말이다.

"시드를 만들 줄은 알고?"

그 말에 딜룬이 멈칫하더니 크게 웃었다.

"우헤헤헤헤헤헷! 그게 뭐 중요합니까! 이렇게 제가 주인님과 함께하는 것이 중요하지요. 우헤헤헤헤헷!"

"모르는군."

카이엔은 그렇게 말하며 심각한 표정을 지었다.

대체 누가 왜 시드를 만들어 마계에 뿌렸을까? 헬게이트가 열려 봐야 인간에게 도움이 될 건 전혀 없었다. 제대로 막아 내지 못하면 그저 멸망으로 치달을 뿐이었다.

정황을 보면 인간이 만들어 마계로 보낸 것이 분명한데, 굳이 그렇게 해야 할 이유가 있을까?

'설사 아무리 흑마법사라 하더라도 말이야.'

마계가 흑마법사에게 큰 힘이 되는 것은 사실이었다. 하지만 마계에는 마족이 있다.

흑마법사가 아무리 강해져도 마족에게는 상대가 안 된다. 마족은 흑마력을 숨 쉬는 것처럼 자연스럽게 쓸 수 있었다. 강하디강한 흑마법사라고 한들 흑마력 자체를 제어할 수 있는 마족에게는 한낱 밥일 뿐이었다.

'그저 대륙의 멸망을 바라는 건가?'

남은 이유는 그것뿐이었다. 하지만 카이엔은 그렇게 결론을 내려놓고도 고개를 갸웃거렸다. 그 정도로 거창하게 일을 벌이려면 혼자서는 결코 불가능하다.

실제로 바움 숲에 나타난 흑마법사를 비롯해 이번에 대신관과 에르미스 일행을 공격한 자들을 생각하면 분명히 조직이 있다는 뜻이었다.

과연 조직 전체가 세상을 멸망시키고자 하는 걸까? 절대 그럴 리 없었다. 이득이 없으면 잘 움직이지 않는 것이 인간이다. 조직이 되면 그 성향은 더욱 짙어진다.

'즉, 헬게이트를 열어서 뭔가 이득을 본다는 뜻이지.'

카이엔은 한참을 생각하다가 고개를 저었다. 일단 지금은 여기까지였다. 조금 더 정보를 모아 명확한 적의 실체를 파악하는 것이 먼저였다.

'바리둔이 잘하고 있으니까.'

바리둔은 순식간에 수도의 암흑가를 장악했다. 그리고 달려드는 놈들을 보란 듯이 무너뜨렸다.

이제 명실상부한 수도 암흑가의 지배자가 된 것이다.

현재 바리둔은 수도를 넘어 왕국 전체의 암흑가를 지배하기 위해 준비 중이었다. 일에 재미를 붙인 것이다. 사실 카이엔이 원하는 건 수도를 장악하는 것까지만이었다.

원래 바리둔이 없었다면 그 정도가 한계였다. 하지만 이제 그렇게 제한할 이유가 없었다. 바리둔은 유능했고 강했다. 또한 계획에 없던 부하였다.

"우흐흐흐흐. 그렇게 걱정되면 바움 숲의 헬게이트를 통해 마계에 한 번 더 다녀오시면 되지 않습니까."

딜룬의 은근한 말에 카이엔이 잠시 생각에 잠겼다. 나쁘지 않은 생각이었다.

"마계라……."

솔직히 마왕 씨프로를 죽이고 돌아올 때는 급해서 다른 생각을 할 여유가 없었다.

마왕이 죽자 헬게이트가 닫히기 시작했는데, 그 속도가 제법 빨라서 최대한의 속도로 날아가야만 했다.

헬게이트는 씨프로가 있던 곳에서 상당히 멀리 떨어진 곳에 있었다. 바로 옆에 붙어서 힘을 전달하는 것이 아니라, 마왕성에서 힘을 증폭해 쏟아 낸 것이다.

그리고 그 덕분에 헬게이트를 넘어간 게이트 원정대가 전멸하지 않았고 말이다.

카이엔은 게이트가 닫히기 전에 나가지 않으면 마계에 영원히 갇혀 있을지도 모른다는 생각에 눈썹이 휘날리도록 날아갔다.

'만일 게이트가 또 있다는 걸 알았다면 거기서 기다렸을까?'

카이엔은 고개를 저었다. 확신할 수 없었다. 아니, 아마 돌아왔을 것이다. 마계에서의 30년 세월은 너무나 지겨웠다.

"에르미스는 언제 온대?"

"곧 온다고 했습니다. 곧이요. 우흐흐흐. 부럽습니까?"

카이엔이 피식 웃었다.

"부럽긴."

"우흐흐흐. 안 그런 척해도 소용없습니다. 우흐흐흐. 일단 미모에서 게임이 안 되지 않습니까. 우흐흐흐흐."

딜룬이 말하는 비교 대상은 제니와 릴리가 분명했다. 하지만 카이엔은 아직 두 여자에게 별로 관심이 없었다. 물론 시간이 더 지나면 어떻게 될지 모르겠지만, 지금 당장은 큰 감흥이 없었다.

심지어 에르미스에게도 마찬가지였다. 만일 조금이라도 마음이 움직였다면 딜룬이 저렇게 작업하도록 내버려 두지 않았을 것이다.

"우흐흐. 부럽죠?"

무시했다. 하지만 딜룬은 집요했다.

"우흐흐흐. 부러우면서. 우흐흐흐."

그렇게 같은 말이 정확히 여덟 번 더 반복되었다. 결국 카이엔은 그림자에 발을 올렸다.

"끄아악! 부러우면 말로 하지 왜 폭력을 쓰십니까!"

결국 카이엔은 고개를 절레절레 저었다. 저 와중에도 저러니 답이 안 나왔다.

"내일 결투나 어떻게 할지 잘 생각해 둬."

딜룬의 얼굴에 갑자기 생기가 확 돌았다.

"우흐흐흐. 이렇게 또 싸울 수 있다니, 정말 기쁘군요. 역시 전투가 없는 삶은 무료하고 짜증 난다니까요. 우흐흐흐흐."

"피는 보지 마라."

"으에엑! 그게 뭡니까! 또 피 없는 전투를 하라는 말입니까? 그건 전투라고 할 수도 없단 말입니다! 피가 튀지 않는 전투라니!"

카이엔이 말없이 주먹을 들어 올렸다. 그것은 그림자에 발을 올리는 것과는 비교도 할 수 없을 정도로 위협적이었다. 딜룬은 즉시 차려 자세를 했다.

"잘하겠습니다!"

하도 말해서 저절로 입에 붙어 버린 말이었다. 카이엔은 잠시 딜룬을 노려보다가 주먹을 내렸다.

"힘 조절 잊지 마라."

"우헤헤헷! 제가 제일 잘하는 게 힘 조절입니다!"

카이엔은 잠시 불안한 눈으로 딜룬을 노려봤다. 이렇게 힘 조절을 강조하는 이유는 불과 얼마 전에 딜룬이 마족과 싸웠기 때문이었다.

마족을 상대로 싸울 때는 모든 힘을 다 발휘했을 것이다. 그렇게 힘을 써버릇하면 작은 힘을 내는 게 어려워진다.

더구나 인간의 몸에 점점 더 일체화되어 더 큰 힘이 나올 가능성이 높았다. 자칫하면 단숨에 상대 기사를 둘로 갈라 버릴 수도 있는 것이다.

"후우. 걱정이다."

"우헤헤헷! 뭘 그리 걱정하십니까! 제가 어련히 알아서 잘할 텐데
요. 우헤헤헷!"

그 말에 카이엔이 고개를 끄덕였다.

"뭐 적당한 순간에 그림자 몇 번 밟으면 상대를 살릴 수는 있겠
지."

"헉! 어찌 그런 잔인한 말을!"

물론 카이엔은 딜룬의 반응에 전혀 신경 쓰지 않았다.

*　　　*　　　*

청석이 촘촘히 깔린 넓은 공간에 수많은 기사가 크게 둘러 서 있었
다. 그리고 그 기사들 앞에 가벼운 가죽 갑옷을 입은 기사 한 명이 조
용히 서 있었다.

그 기사의 몸에 흐르는 삼엄한 기세가 심상치 않았다. 그는 정말로
강한 기사였다.

그리고 그 기사의 반대편에 딜룬이 서서 목을 이리저리 돌리고 있
었다.

그 모습을 제니와 제니의 오빠이자 아이트 백작가의 후계자인 파울
러가 지켜보고 있었다.

파울러는 정말로 못마땅했다. 아무리 봐도 딜룬의 모습은 기사라고
하기에는 문제가 컸다.

"정말 저 사람이 그 클링 경을 이겼단 말이냐?"

도저히 믿을 수 없었다. 클링은 파울러도 몇 번 본 적이 있었다. 그

야말로 기사의 표상이랄 수 있는 인물이었다. 게다가 실력은 어찌나 뛰어난지, 정말 슈베르트 백작에 버금간다는 게 이런 거구나 싶을 정도였다.

한데 그런 클링을 저렇게 뚱뚱한 사람이 이겼다니, 그걸 어떻게 믿으란 말인가.

"혹시 네가 저 사람에게 속고 있는 건 아니냐?"

파울러는 그렇게 말하며 한쪽 옆에 서 있는 카이엔을 턱짓으로 가리켰다.

카이엔은 흥미로운 눈으로 연무장을 지켜보고 있었는데, 그런 카이엔에게 시선을 돌린 제니의 얼굴에 금세 미소가 감돌았다.

"속다니요. 그 결투는 제가 직접 지켜봤어요. 과연 저런 사람을 잘못 볼 수 있을까요?"

"끄응."

파울러는 대꾸할 말이 없어 입을 다물었다. 확실히 저 정도로 특이한 사람이라면 오히려 잊는 것이 더 어려울 듯했다.

'뚱뚱한 기사라니. 어처구니가 없군.'

한데 그 어처구니없는 기사가 클링을 이겼다니 쉽게 믿지 못하는 게 당연하긴 했다.

그렇게 서로 대결 준비를 하고 있을 때, 청사자 기사단 쪽에서 기사단장이 걸어 나왔다.

그리고 파울러를 쳐다보며 물었다.

"그쪽은 결투를 보조할 신관이 없나?"

기사단장의 말에 파울러와 제니가 깜짝 놀랐다. 난데없이 그게 무슨 말인가. 결투를 보조할 신관이라니. 그런 말은 금시초문이었다.

"허어. 보조 신관도 없이 어떻게 싸우려고 그러나. 치료가 늦으면 자칫 목숨을 잃을 수도 있는데."

제니가 발끈해서 나서려 했다. 어떻게 이런 중요한 일을 미리 말해 주지 않을 수 있는가. 그녀는 이건 무효라고 소리치려고 했다.

하지만 그럴 수 없었다. 파울러가 그녀의 손목을 꽉 잡았다. 그녀는 앞으로 나서지 못하고 고개를 돌려 파울러를 바라봤다.

파울러가 단호한 표정으로 고개를 저었다. 제니는 그게 뭘 의미하는지 대번에 알아차렸다. 잠시 망설이던 그녀는 이내 고개를 푹 숙이고 다시 제자리로 돌아갔다.

"신관은 미처 준비하지 못했습니다."

"그런가? 아쉽군. 하지만 대결은 대결이니 우리가 준비한 신관을 돌려보낼 생각은 없네."

"좋을 대로 하십시오."

파울러는 최대한 담담하게 말했다. 어찌나 의연한지 기사단장이 내심 감탄하며 고개를 끄덕였다.

기사단장이 고개를 돌려 청사자 기사단 쪽을 바라봤다. 그러자 기사들 틈에서 여인 한 명이 사뿐사뿐 앞으로 나왔다.

다들 멍하니 그녀를 바라봤다. 심지어 카이엔조차 눈이 살짝 커졌을 정도였다.

검은색 사제복을 입고 있었는데, 몸매가 잘 부각되는 옷이었다. 게다가 허리 아래에 옆트임이 있어서 늘씬하게 쭉 뻗은 다리가 언뜻언뜻 모습을 드러냈다.

밝은 금빛 머리카락이 햇빛을 받아 반짝여 더없이 신비로웠다.

'에르미스보다 더 예쁜 사람이 있었군.'

그냥 예쁜 게 문제가 아니었다. 온몸에 생기가 넘쳤다. 그녀를 중심으로 밝은 분위기가 안개처럼 퍼져 나갔다.

"가이아의 충실한 종 티에라입니다."

앞으로 나선 여인, 티에라가 환하게 웃으며 정중히 인사했다.

티에라는 몸을 돌려 기사단장을 바라봤다. 그리고 생긋 웃으며 말했다.

"설마 이런 일인 줄은 몰랐네요."

기사단장은 살짝 당황했다. 하지만 이내 빙긋 웃었다.

"그래도 기부금만큼의 힘은 써 주시리라 믿습니다."

티에라의 미소가 더욱 짙어졌다. 그 미소는 더없이 아름다우면서도 어딘가 위험해 보였다.

"가이아 교단에 대해 잘 모르시는 모양이네요."

"무슨 말씀이신지……."

기사단장은 어리둥절한 표정을 지었다. 사실 대륙에서 가장 큰 곳은 일리오스 교단이었다. 또한 가장 신전다운 활동을 하는 곳도 그곳이었다.

가이아 교단은 일리오스 교단 다음으로 큰 곳이었지만, 겔트 왕국에서는 그리 많이 퍼지지 않았다. 그래서 상대적으로 일리오스 교단에 비해 알려진 것이 많지 않았다.

사실 청사자 기사단에서 보조 신관을 먼저 요청한 곳은 일리오스 교단이었다. 아이트 백작쯤 되면 대신전과도 밀접한 관계를 유지하기 마련이었다.

한데 무슨 일인지 신관과 성기사가 거의 남아 있지 않아서 요청이 받아들여지지 않았다.

다급해진 기사단장이 사방에 수소문해서 간신히 가이아 교단의 사제 하나를 구할 수 있었다. 수행을 위해 대륙 전역을 돌아다니던 티에라였다.

일리오스 교단의 사제는 아니지만 그래도 사제는 사제. 가이아 교단에 대해 일리오스 교단만큼 알지는 못해도 그들의 힘이 어느 정도인지는 잘 알고 있었다.

그들 역시 일리오스 교단과 마찬가지로 다친 사람을 치료하거나 전투 중인 기사들의 힘을 높이는 신의 권능을 분명히 발휘한다.

어리둥절한 표정을 짓는 기사단장을 향해 다시 한 번 미소를 지어 보인 티에라가 갑자기 사제복을 훌렁 벗었다.

다들 화들짝 놀라 눈을 크게 떴다. 티에라 앞에 있던 기사단장은 더욱 놀랐다. 하마터면 심장이 덜컥 멎어 버릴 뻔했다.

사제복이 훨훨 날아 바닥에 살며시 내려앉았다. 그렇게 드러난 티에라의 모습은 그저 놀라웠다.

짧은 반바지 차림에 어깨와 가슴만 가리는 옷차림이었다. 눈을 어디에 둘지 몰라 다들 전전긍긍했다. 하지만 누구도 눈을 떼지 못했다. 마치 시선을 빨아들이는 것 같았다.

티에라는 두 주먹을 앞으로 들어 올려 전투 자세를 취했다. 그녀의 두 주먹에 불그스름한 빛이 은은하게 어렸다.

"다시 소개하죠. 가이아 교단의 전투사제 티에라입니다. 참고로 상

처 치료는 못 합니다. 자, 이제 제가 누구랑 싸우면 되는지 알려 주시겠어요?"

다들 멍하니 티에라를 바라봤다. 특히 기사단장은 허를 찔린 표정이었다.

사방에 내려앉은 침묵 한가운데서 티에라만이 생기 넘치는 미소를 짓고 있었다.

*　　*　　*

"우헤헤헤헤헤헤헷!"

딜룬이 배를 잡고 굴렀다.

"저, 전투사제래. 우헤헤헷! 기껏 부린 꼼수가 전투사제래! 우헤헤헤헤헷! 치료를 못 한대! 우헤헤헤헷!"

명백한 비웃음이었다. 그것은 청사자 기사단 전체를 분노에 떨게 했다. 하지만 누구도 나서지 못했다. 제대로 알아보지도 않고 티에라를 데려온 것은 다름 아닌 그들의 기사단장이었으니까.

"저놈이 정말로 클링 경을 이긴 게 확실한가?"

기사단장이 나직이 물었다. 솔직히 믿기 어려웠다. 지금 하는 행동거지를 보면 영락없이 파락호 아닌가.

옆에 서 있던 기사가 난감한 얼굴로 고개를 끄덕이며 대답했다.

"맞습니다. 다만……."

"다만 뭔가?"

"좀 비겁한 방법으로 이겼다고 합니다."

"비겁한 방법?"

"오러를 끌어올리고 있을 때 기습해서 뒤통수를 쳤다고 합니다."

기사단장이 어이없는 표정을 지었다.

"뒤통수를 쳐? 그게 기사가 할 짓인가?"

기사단장은 화난 눈으로 딜룬을 노려봤다.

'체통도 모르는 천박한 놈!'

바닥을 데굴데굴 구르며 웃는 모습을 보고 있으려니 속에서 천불이 치솟았다.

기사단장은 천천히 심호흡했다. 일단 마음을 가라앉히고, 이 상황을 정리할 필요가 있었다.

"하하하하. 내가 뭔가 착각을 한 모양이로군. 사제님께선 잠시 물러나 주시지요."

티에라가 그런 기사단장을 향해 생긋 웃었다.

"기부금은 다시 돌려드리지 않습니다. 잘 선택하세요."

"후우. 필요 없으니 물러나시지요."

"그럼 알겠습니다."

티에라가 양손을 내리고 바닥에 떨어진 사제복을 주웠다. 그리고 그걸 단숨에 어깨에 두르더니 순식간에 원래의 차림으로 돌아갔다.

빠르게 입고 벗을 수 있도록 고안한 사제복이었다.

그녀는 옷을 입었지만, 다들 조금 전 모습이 머릿속에 어른거려 정신을 차리지 못하고 바라봤다.

티에라는 고개를 돌려 딜룬을 바라보며 의미심장한 미소를 지었다.

"저분과 누가 대결을 하시는 건지 물어도 될까요?"

티에라의 질문에 기사단장이 어깨를 으쓱하고는 고개를 돌려 기사들을 바라봤다. 그러자 기사 중 한 명이 앞으로 성큼 나섰다.

다부진 체격에 강인한 표정을 가진 기사였다. 클링과 비슷한 이미지였다.

티에라는 그를 보며 묘한 표정을 지었다. 그리고 시선을 슥 돌려 청사자 기사단을 하나하나 확인했다. 마지막으로 기사단장까지 바라본 그녀가 크게 고개를 끄덕였다.

"왜 저분을 선택했는지 알겠네요. 가장 강한 분이로군요."

"호오. 그저 보는 것만으로 그걸 알 수 있단 말입니까? 안목이 대단하시군요."

티에라가 당연하다는 듯 생기 넘치게 웃었다.

"가이아의 전투사제가 가장 먼저 키우는 것이 안목입니다. 어디 가서 맞아 죽지 않으려면 안목이 제일 중요하죠."

뭔가 예상과 다른 대답에 기사단장이 살짝 당황했다. 하지만 뒤에 이어진 티에라의 말은 그보다 더 예상을 벗어났다.

"한데 굳이 대결의 의미가 있을까요?"

"그게 무슨 말입니까?"

티에라가 고개를 돌려 딜룬을 바라봤다.

"저기 서 있는 뚱뚱한 기사분이 여기서 제일 강하다는 뜻입니다."

"말도 안 되는 소리!"

기사단장이 발끈했다. 그리고 청사자 기사단 전체가 술렁였다. 그들은 티에라에게 모욕을 당했다는 생각에 분노가 치밀어올랐다.

"사제님은 청사자 기사단에 대해서 아십니까?"

티에라가 고개를 저었다.

"아뇨. 전 그저 제 안목으로 판단한 사실을 말씀드렸을 뿐입니다. 그걸 어떻게 생각할지는 받아들이는 사람의 자유겠지요."

"우헤헤헤헷! 거 예쁜 아가씨가 말도 잘하네. 보는 눈도 정확하고. 우헤헤헤헷!"

딜룬의 경박한 웃음은 기사단장의 이성을 잠깐이나마 날려 버렸다. 기사단장은 파울러를 보며 이를 악물고 말했다.

"결투를 진행하지."

파울러는 그때까지 흥미롭게 돌아가는 상황을 살피다가 기사단장의 갑작스러운 말에 깜짝 놀라 고개를 끄덕였다.

"예. 그렇게 하시죠."

약간 당황한 파울러와 달리 제니는 훨씬 냉정하게 상황을 파악하고 있었다. 그녀는 기사단장의 표정을 계속해서 유심히 살폈다.

그 결과 이상한 점을 하나 발견했다.

'정말로 가주 자리에 관심이 있는 거 맞아?'

제니의 눈에는 기사단장에게서 집착이 보이지 않았다. 이번 대결에 대해서도 마찬가지였다.

사실 방금 상황이면 더 당황해야 정상이었다. 한데 왠지 사제의 도움에는 관심이 없어 보였다.

'설마 이 모든 것이 시험?'

제니의 머릿속에서 몇 가지 상황이 착착 맞물려 갔다. 그것을 토대로 현재 가문에서 벌어지는 모든 일의 흐름을 맞춰 봤다.

확실치는 않지만 답이 대충 나왔다.

'가주의 자질에 관한 시험이 분명해.'

제니는 일단 그렇게 결론을 내린 다음 청사자 기사단을 살펴봤다. 그들의 눈빛을 모두 확인하니 확신이 더욱 커졌다.

'지금 저들 하나하나가 오라버니를 평가하고 있어.'

그러고 나니 마음이 편해졌다. 저들이 뭘 보는 건지는 분명했다. 의외의 상황에서 어떤 선택을 하느냐, 또 어떤 표정을 짓고 무슨 말을 하느냐가 전부 평가의 대상이리라.

제니의 시선이 오라버니인 파울러에게 잠깐 머물렀다. 의연함을 잃지 않은 모습이었다. 저 정도면 충분히 합격할 수 있을 것이다.

조금 전 당황스러운 상황에서도 파울러는 제니보다 훨씬 냉정하게 상황을 파악했다. 그 정도면 청사자 기사단에게서 합격점을 받았으리라.

아마 이어지는 대결은 큰 의미가 없을지도 모른다. 애초 청사자 기사단 최고의 기사와 싸울 상대를 구하기엔 너무나 짧은 시간이었다.

물론 제니의 도움으로 파울러는 그조차 확보했다. 이제 남은 건 딜룬이 멋지게 상대를 제압하는 것뿐이었다.

제니는 두근거리는 가슴을 진정시키려 애쓰며 앞을 바라봤다. 어느새 딜룬과 청사자 기사단에서 가장 강한 기사가 마주 보고 있었다.

기사단장이 파울러를 바라봤다. 그러고는 파울러가 고개를 끄덕이자, 손을 슬쩍 올렸다. 이제 그걸 내리기만 하면 대결이 시작된다.

그때, 딜룬이 갑자기 손을 번쩍 들었다.

"잠깐만요!"

기사단장이 눈살을 찌푸렸다. 대체 저 뚱땡이는 기사의 예의라는 걸 알고 있기나 한 것인가?

"뭔가?"

"우후후훗. 제가 이기면 요청 하나 들어주시죠."

기사단장의 눈썹이 꿈틀거렸다. 감히 승리를 자신한단 말인가? 청사자 기사단을 상대로? 기사단장뿐 아니라 청사자 기사단 전체의 투기가 일렁였다.

딜룬은 그 모든 것을 기분 좋게 맞으며 고개를 돌려 티에라를 바라봤다.

"제가 이기면 저기 전투사제님과 한 판 붙게 해 주시죠."

기사단장이 멈칫했다. 상대는 가이아의 사제였다. 자신이 이래라저래라 할 수 있는 사람이 아니었다.

"좋아요."

티에라가 눈을 빛내며 말했다. 이런 것들이 모두 경험이었다. 티에라가 허락하자 딜룬은 금방이라도 싸울 수 있을 것처럼 신 났다. 하지만 그때 카이엔이 나섰다.

"내 허락도 필요할 텐데?"

그 말에 딜룬이 황당한 눈으로 카이엔을 바라봤다. 뭐 이런 걸 허락하고 말고 할 게 있단 말인가.

하지만 티에라는 카이엔의 말에 일리가 있다고 생각했다. 그녀는 사뿐사뿐 카이엔 앞으로 걸어갔다. 그리고 고개를 들어 카이엔을 빤히 바라봤다.

"허락 안 해 주실 건가요?"

카이엔이 씨익 웃었다.

"허락하지."

티에라가 환하게 웃었다. 마치 꽃이 활짝 피어나는 것 같았다.

"그러실 줄 알았어요. 그럼 저도 싸울 준비를 해야겠네요."

티에라가 다시 사제복을 훌렁 벗었다. 그리고 천천히 몸을 풀기 시작했다.

그녀의 몸은 유연하기 그지없었다. 땅에 닿을 정도로 다리를 쫙 벌린 채 좌우로 허리를 돌리기도 하고, 팔을 높이 올리고 양쪽으로 몸을 구부리기도 했다.

다들 멍하니 그 광경을 바라봤다. 심지어 대결을 펼칠 기사나 여자인 제니조차 눈을 떼지 못했다.

그 광경에 아무렇지도 않은 건 카이엔과 딜룬 딱 둘뿐이었다.

"우흐흐흐흐. 대결을 앞두고 그렇게 한눈을 팔아도 되는 겁니까? 진정한 기사도로군요. 우흐흐흐흐."

딜룬의 말에 번쩍 정신이 든 기사단장이 호통을 쳤다.

"뭣들 하는가!"

연무장을 뒤흔들 정도로 커다란 외침에 모든 기사가 정신을 차렸다. 그들은 굳은 표정으로 딜룬을 바라봤다. 딜룬은 빙글빙글 웃으며 검을 장난스럽게 이리저리 휘두르고 있었다.

"언제 시작할 겁니까? 우흐흐흐."

기사단장이 대결할 기사를 바라봤다. 기사가 힘있게 고개를 끄덕이고 검을 뽑았다.

그제야 기사단장이 외쳤다.

"시작!"

그와 동시에 기사가 몸을 날렸다. 엄청나게 빠른 돌진이었다. 그는 빠르게 파고들어 어깨로 딜룬의 가슴을 들이받았다.

상당히 변칙적인 기습이었다. 보통 기사는 잘 쓰지 않는 방식이기도 했다.

하지만 상대는 불행하게도 싸움을 밥 먹는 것보다 좋아하는 마계의 공작, 딜룬이었다.

쩌억!

딜룬이 손바닥으로 기사의 어깨를 막았다. 그리고 그 힘을 고스란히 이용해 방향을 틀었다. 그것도 아래로.

쩌엉!

기사의 어깨가 바닥을 찍었다. 청석이 쫙쫙 갈라졌다. 얼마나 강한 돌진이었는지 알 수 있었다.

"크으윽!"

기사가 신음을 흘리며 벌떡 일어나 뒤로 다급히 물러났다. 한 손으로 어깨를 부여잡았는데, 견갑이 형편없이 찌그러져 있었다.

뚜둑!

기사가 거칠게 견갑을 잡아 뜯었다. 찌그러진 견갑이 찌르는 바람에 어깨가 피투성이였다.

"후욱."

기사가 심호흡하며 신중하게 검을 겨누고 딜룬에게 접근했다. 상대가 보통이 아니라는 걸 확인했으니 함부로 덤빌 수 없었다.

"우흐흐흐. 안 오면 내가 갈 텐데?"

말이 채 끝나기도 전에 딜룬이 성큼성큼 걸었다. 그저 걷기만 할 뿐인데 기이하게 빨랐다.

세 발자국쯤 걸으니 어느새 딜룬이 기사 앞에 서 있었다.

기사가 깜짝 놀라 뒤로 물러나려 했지만 이미 딜룬의 검이 그의 어깨에 닿은 뒤였다.

푹.

"크윽!"

어깨에서 피가 튀었다. 기사는 고통을 참으며 다급히 뒤로 물러났다. 하지만 이미 전의를 상실해 버렸다. 조금 전 뭐가 어떻게 된 건지도 정확히 파악하지 못했다.

만일 딜룬이 또 같은 공격을 하더라도 막지 못할 것이다. 기사는 딜룬이 일부러 어깨를 공격했다는 사실을 잘 알고 있었다.

한참을 망설이던 기사가 결국 검을 내렸다.

"내가 졌소."

기사의 선언에 청사자 기사단 전체가 침울한 표정을 감추지 못했다. 그리고 한편으로 딜룬의 실력에 경악했다.

저리도 강한 기사가 왜 아직 알려지지 않았단 말인가.

젤트 왕국에서는 강한 기사를 표현할 때 왕국제일검인 슈베르트 백작을 거론하곤 한다. 슈베르트 백작에 버금가는, 그와 비견될 만한, 그에 근접한, 등등의 말로 강함을 표현한다.

하지만 그런 칭호를 받는 기사를 냉정하게 슈베르트 백작과 비교하면 대부분 슈베르트 백작을 거론하기 미안한 실력이었다.

그만큼 슈베르트 백작이 대단하다는 뜻이었다.

한데 지금 청사자 기사단이 보는 딜룬은 진짜 슈베르트 백작에 비견될 정도의 강자였다. 물론 그들의 실력이 슈베르트 백작에 훨씬 못 미치니 정확히 알 수는 없었지만 말이다.

"어때요? 제가 대단한 기사라고 했죠?"

제니가 환하게 웃으며 파울러를 바라봤다.

"언행만 제대로 갖추면 누구보다 뛰어난 기사가 되겠구나."

파울러는 경탄한 눈으로 딜룬을 바라보며 고개를 끄덕였다. 확실히 딜룬의 태도는 문제가 있었다. 하지만 그 문제를 모두 덮을 정도로 실력이 뛰어났다.

모두의 시선을 한몸에 받은 딜룬이 경박하게 웃었다.

"우헤헤헷! 자, 그럼 얼른 다음 싸움을 시작하죠."

딜룬이 고개를 돌려 티에라를 바라봤다.

몸을 다 풀고 언제든 싸울 수 있도록 준비를 마친 티에라가 호전적인 눈빛으로 딜룬을 바라봤다.

티에라가 연무장 한가운데로 사뿐사뿐 걸어갔다. 확실히 보통이 아니었다. 걸음걸이를 보건대 상당한 수련을 쌓았음이 분명했다. 가볍고 부드러운 걸음걸이가 더없이 아름다웠다.

티에라의 움직임에 다들 시선을 떼지 못했다. 게다가 얼굴은 또 얼마나 아름다운가. 얼굴을 보면 얼굴에서 시선을 떼기 어려웠고, 또 팔을 보면 팔에 시선이 머물렀다.

어느 한 부분 흠잡을 곳이 없었다. 그저 예뻤다.

연무장 한가운데 선 티에라가 양 주먹을 앞으로 들어 올리며 싸울 자세를 취했다.

"우흐흐흐. 무기는 필요 없습니까?"

"이게 제 무기입니다."

티에라의 주먹에서 붉은 기운이 넘실거렸다. 그것은 가이아로부터 비롯된 신성력이 분명했다.

딜룬은 그것을 보며 참으로 친숙한 느낌이 들었다. 이건 정말 이상한 일이었다. 마족이 신성력에 친숙함을 느끼다니 말이다.

"그럼 저도 오랜만에 맨손으로 해 볼까요?"

딜룬은 검을 옆으로 던지고, 검집도 풀어서 던져 버렸다. 보통 이런 모습을 보면 자신을 무시한다고 눈살을 찌푸릴 법한데, 티에라는 전혀 그러지 않았다.

"예상대로 정말 강한 분이로군요."

티에라의 눈에 기쁨이 어렸다. 수행자에게 강한 상대를 만나는 건 최고의 행운이었다. 강자와 싸우다 보면 저절로 실력이 늘게 된다.

분위기가 금세 후끈 달아올랐다.

사실 이곳에서 가이아 교단의 전투사제에 대해 아는 사람은 아무도 없었다. 가이아 교단에 대한 정보 자체가 부족한 데다가, 전투사제도 드물었기 때문이었다.

그런 전투사제와 뛰어난 실력을 갖춘 딜룬이 대결한다고 하니 관심이 쏠릴 수밖에 없었다.

『주인님. 이거 좀 이상한데요? 저 여자 왠지 친숙합니다. 마족이나 흑마법사는 분명히 아닌데…….』

『가이아 교단이잖아.』

『가이아 교단은 뭐가 다른가요?』

『포용력이 다르지.』

『우헤헤헤헷! 그래서 설마 마족까지 포용한다, 그겁니까? 우헤헤헤헤헷!』

카이엔은 더 대꾸하지 않았다. 말할 필요가 없었다. 굳이 딜룬을 이해시키기도 귀찮았다.

하지만 그건 분명한 사실이었다. 대지의 여신 가이아를 따르는 가이아 교단은 세상 모든 것을 포용한다. 심지어는 마족까지도 말이다.

태양을 숭상하는 일리오스 교단과는 많이 달랐다. 그래서 두 교단의 사이도 그리 좋은 편이 아니었다.

『아무튼 다치지 않게 조심해라.』

『우흐흐흐. 왜요? 예쁜 여자를 보니까 어떻게 해 보고 싶으십니까? 예쁜 얼굴에 상처라도 날까 봐 걱정되세요? 우흐흐흐. 음흉하셔라.』

카이엔은 일단 그림자를 한 번 꾹 밟았다.

『끄억!』

『널 걱정하는 거다. 너! 가이아 교단이 어떤 곳인지 전혀 모르지?』

『알게 뭡니까! 절 아프게 하는 여자 따위 가만두지 않을 겁니다!』

『저 여자가 널 언제 아프게 했어?』

『지금요! 저 여자 아니었으면 그림자 밟힐 일도 없었을 텐데!』

카이엔은 어이가 없어서 고개를 저었다. 정말 답이 없는 마족이었다.

『맘대로 해라.』

『우헤헤헤헷! 제가 얼마나 잔인하게 싸우는지 보여 드리지요. 우흐흐흐흐흐.』

딜룬은 그렇게 말하며 티에라를 바라봤다. 딜룬의 눈이 살벌하게 빛났다.

그 순간, 두 사람이 동시에 달려들었다.

붉게 빛나는 주먹이 날아왔다. 딜룬은 그것을 보며 씨익 웃었다.

"우흐흐흐. 이렇게 느린 주먹에 맞을…… 헉!"

딜룬은 다급히 허리를 뒤로 젖혔다. 뚱뚱해서 허리가 아예 보이지도 않았지만, 거의 뒤로 눕다시피 해서 간신히 피했다.

뒤로 넘어지기 직전에 튕기듯 다시 몸을 일으킨 딜룬은 그대로 주먹을 내질렀다.

후웅!

딜룬의 단단한 주먹이 티에라의 옆구리를 향해 날아갔다.

순간, 그걸 지켜보던 사람들이 눈을 질끈 감았다. 호리병처럼 잘록한 티에라의 허리가 단숨에 부러질 것만 같았기 때문이다.

텅!

어느새 아래로 내려온 티에라의 손이 딜룬의 주먹을 옆으로 흘려냈다.

딜룬은 황당한 표정을 지으며 몸을 회전시켰다. 딜룬의 움직임은 오랜 싸움으로 다져진 반사적인 동작이었다. 공격을 흘리는 방향으로 회전해 힘과 속도를 더하는 방식이었다.

후우웅!

바람이 갈라졌다. 딜룬의 주먹이 허공을 후려친 것이다. 순간적으로 티에라의 움직임을 놓친 딜룬이 깜짝 놀라 티에라를 찾았다. 설마 싸우는 와중에 기척을 놓칠 줄은 몰랐다.

뻐억!

딜룬의 등에 티에라의 주먹이 작렬했다.

"크억!"

아팠다. 뼛속까지 저릿저릿할 정도의 고통이 등에서 시작해 온몸으로 퍼져 나갔다.

'뭐지? 이 말도 안 되는 상황은?'

대체 저렇게 느린 주먹을 왜 이렇게 피하기 어렵단 말인가. 아니, 그보다 상대의 기척을 전혀 느낄 수 없다는 점이 더 이상했다.

딜룬의 전투 감각은 상당했다. 그리고 그 전투 감각은 무엇보다 상대의 기척을 파악하는 데서 비롯된다.

일단 싸우게 되면 서로의 투기가 맞붙기 때문에 기척을 감출 수가 없었다. 한데 티에라의 기척을 전혀 느낄 수 없으니 당황스러웠다.

'아니, 그 이전에…… 내가 왜 저런 느린 움직임을 쫓아가지 못하는 거지?'

이건 감각 이전의 문제였다. 딜룬의 동체 시력은 엄청났다. 한데 그런 동체 시력을 가지고도 티에라의 움직임을 제대로 쫓을 수가 없었다.

티에라가 어마어마하게 빠르다면 이해를 하겠는데, 딜룬이 보기에는 굼벵이처럼 느렸다. 그런데도 움직임을 제대로 쫓기가 어려우니 당황스러웠다.

타다다다다닥!

딜룬과 티에라의 손발이 정신없이 얽혔다. 처음에는 힘을 조절했지만 나중에는 그럴 여유도 없었다. 티에라의 팔다리와 부딪칠 때마다 엄청난 충격이 쌓였다.

'무슨 힘이 이리도 무지막지해?'

정말로 당황스러웠다. 대체 고작 인간과 싸우는데 왜 이리 고전해야 한단 말인가.

상황은 점점 티에라에게 유리해졌다. 그녀의 기척은 물론이고 움직임까지 제대로 파악하지 못하니 결국 그녀의 공격을 허용하고 말았다.

그리고 한 번 공격을 허용하고 나니 그 뒤로는 걷잡을 수 없었다.

뻐버버버버벅!

딜룬의 몸 여기저기에서 시원스러운 소리가 울렸다.

『크아아악! 뭐가 이리 아파! 주인님! 이거 뭐가 어떻게 된 겁니까! 으아악!』

『말 안 듣는 종의 최후다.』

『으아악! 잘하겠습니다! 살려 주세요!』

카이엔은 피식 웃으며 그림자를 힘껏 밟았다.

『끄아악! 그게 더 아파요!』

딜룬의 표정이 고통으로 일그러졌다. 티에라에게 맞는 것과는 차원이 다른 고통이었다. 역시 그림자 밟기였다.

"어라?"

딜룬은 멍청한 소리를 내뱉으며 몸을 슬쩍 옆으로 틀었다.

후웅!

티에라의 주먹이 허공을 가르고 지나갔다.

조금 전까지 대체 왜 이렇게 고전했는지 이상할 정도로 티에라의 움직임이 훤히 느껴졌다.

'우흐흐흐. 그게 뭐가 중요해. 예쁜 아가씨, 이제부터 다 돌려줄 테니까 각오하라고. 우흐흐흐.'

딜룬의 주먹에 무지막지한 힘이 깃들었다. 아마 그 주먹에 맞으면 누구든 형체도 없이 사라질 것이다.

그렇게 정신을 차린 딜룬이 막 주먹을 쥔 순간, 티에라가 급히 뒤로 후다닥 물러났다.

"제가 졌습니다."

막 주먹을 들어 올린 딜룬이 멍청한 표정을 지었다.

"에?"

『표정도 소리도 멍청하기 그지없군.』

『주인님. 저 말리지 마십시오. 가서 딱 한 대만 때리고 오겠습니다.』

『말로 할 때 주먹 내려라.』

딜룬은 카이엔의 명령에 자신도 모르게 주먹을 내렸다. 종속의 고리가 가진 힘이 작용한 것이다.

『으아악! 말도 안 돼! 이대로는 억울해서 못 끝냅니다! 딱 한 대면 된다니까요!』

『그 한 대에 저 예쁜 아가씨가 흔적도 없이 사라지겠지.』

『그럴 리가 있습니까! 저를 개 패듯 팬 여자라고요! 고작 한 방에 죽을 리가 없습니다! 안 그렇습니까!』

딜룬이 소리 없이 발광하는 사이 티에라가 그를 향해 정중히 허리를 숙였다.

"정말 큰 도움이 되었습니다. 이렇게 힘든 싸움은 처음이었어요."

그 말은 진짜였다. 이렇게 치열하게 싸운 것은 정말 오랜만이었다. 가진 모든 힘을 소진한 기분이었다. 아니, 실제로도 그랬다.

끝내 카이엔의 허락을 받아 내지 못한 딜룬은 이를 부득 갈았다. 그리고 억지로 미소 지으며 말했다.

"우흐흐흐. 우리 나중에 한 판 더 붙을까요?"

티에라가 환한 표정을 지었다. 그러자 그녀가 가진 특유의 생기와 어우러져 그녀의 몸 전체가 밝게 빛나는 것 같았다.

"그럼 저야 감사하죠. 사실 젤트 왕국에서는 슈베르트 백작님만 기대했는데, 이렇게 좋은 상대를 구할 수 있어서 정말 기뻐요."

티에라는 그렇게 말하고는 다시 사제복을 주워 단숨에 입었다. 그러자 조금 전 사방으로 발산하던 매력이 거짓말처럼 확 줄어들었다.

그녀는 분명히 아름다웠지만, 사제복을 벗었을 때와는 느낌 자체가 완벽히 달랐다.

『호오. 이거 의외인데?』

『뭐가 말입니까?』

『저거 성물이다.』

『예? 성물이요?』

딜룬이 화들짝 놀랐다. 그게 당연했다. 성물이 무엇인가. 자그마치 신이 직접 내려 준 물건을 지칭한다. 아무나 가질 수 없었고, 또 쉽게 볼 수도 없는 것이 바로 성물이었다.

한데 그런 성물을 티에라가 가지고 있다니. 대체 정체가 뭐란 말인가.

『아! 그러고 보니 주인님도 성물 하나 가지고 있죠?』

카이엔은 대답하지 않았다. 물론 가지고 있었다. 그것은 원정군에 속한 가이아 교단의 전투사제가 가지고 있던 성물이었다.

'생각해 보니 그 사람이 아니었다면 나도 이 자리에 없었겠지.'

원정군이 초반에 버틸 수 있었던 것은 전적으로 가이아 교단의 성기사와 전투사제들 덕분이었다.

그중에서도 발군인 전투사제가 한 명 있었다. 그는 놀랍게도 성물 중 하나인 가이아의 징벌을 가지고 헬게이트를 넘었다.

그리고 그 가이아의 징벌은 지금 카이엔이 가지고 있었다. 그가 죽을 때 그것을 카이엔에게 넘기며 부탁했다.

'그러고 보니 이것도 인연이로군.'

그는 가이아의 징벌을 교단에 전해달라고 하지 않았다. 적당한 인물을 카이엔이 직접 선별하라고 했다. 물론 가이아의 전투사제 중에서 말이다.

'그럼 저 옷이 가이아의 장막인가?'

가이아의 장막은 가장 등급이 낮은 성물이었다. 걸친 자의 진면목을 가려 주는 역할을 하는데, 그래서 보통 성녀에게 이어져 내려오곤 했다.

가이아의 성물은 특이하게도 받을 사람을 교단이 정해 주지 않는다. 성물의 주인이 직접 다음 주인을 찾게 되어 있었다.

물론 그와 같은 사실은 철저히 비밀에 부쳐 있다.

옷을 챙겨 입은 티에라가 카이엔을 똑바로 바라보며 걸어갔다.

"왜 절 그렇게 뚫어져라 보시는 거죠?"

단도직입적인 질문에 카이엔이 피식 웃었다.

"본 게 아니라 생각하고 있었는데?"

"분명히 보고 있었잖아요. 눈이 마주쳤는데요? 그리고 왜 반말이시죠?"

"반말해도 되는 사람이니까."

티에라가 황당한 눈으로 카이엔을 바라봤다. 뭐 이런 사람이 다 있단 말인가.

"누군데요?"

카이엔이 턱짓으로 딜룬을 가리켰다. 티에라의 시선이 자연스럽게 딜룬에게 갔다가 되돌아왔다.

"저 뚱땡이 주인."

"예? 주인이요?"

티에라의 표정이 더 황당해졌다. 보통 자기 기사를 그런 식으로 표현하지 않는다. 뚱땡이라니. 게다가 주인이라는 말도 잘 쓰지 않는다.

아무리 그런 관계라 하더라도 직설적으로 주인과 종이라는 말을 언급하면 기분이 좋을 수 없기 때문이었다.

더구나 티에라가 보기에 딜룬은 충분히 존중받을 가치가 있는 투사였다. 그런 투사를 함부로 대하다니.

티에라가 그 점을 따지려고 할 때, 카이엔이 먼저 입을 열어 그녀의 말을 막았다.

"그런데 싸울 때 왜 옷을 벗는 거지?"

"그야 움직이기 불편하니까요."

"불편하다고? 가이아의 장막이?"

그 말에 티에라가 눈을 부릅떴다.

"대, 대체 그걸 어떻게……."

말을 하던 티에라가 급히 자신의 입을 두 손으로 막았다. 당황한 나머지 스스로 그것을 인정해 버리고 말았다.

"설마 네가 가이아 교단의 성녀는 아니겠지?"

티에라의 눈이 거기서 더 커졌다. 대체 이 사람은 뭘 어디까지 알고 있는 걸까?

"뭐야, 정말 성녀였어?"

"그, 그만 하세요!"

아직 절대 알려져선 안 될 사실이었다. 티에라가 당황한 눈으로 주위를 둘러봤다.

"걱정할 거 없어. 아무도 듣지 못했으니까."

티에라는 그 말을 믿을 수 없었다. 그렇게 큰 목소리로 말했는데 못 들었을 리 없다. 더구나 딜룬 같은 경우 상당한 강자다. 저 정도로 단련한 사람은 감각도 뛰어난 법이다.

티에라가 고개를 절레절레 저었다. 어차피 알게 된 거 굳이 더 숨기려 애쓸 필요가 뭐 있는가.

"이렇게 된 거 어쩔 수 없죠. 그런데 그게 뭐 어때서요? 제가 성녀인 게 무슨 문제가 되나요?"

카이엔이 빙긋 웃으며 고개를 저었다.

"아니. 그저 확인했을 뿐이야. 나도 그렇게까지 확신하지는 못하고 있었거든. 이제 알았으니 됐어."

"당신, 정말……."

티에라가 입을 벌렸다. 어이가 없어도 너무 없었다. 교단에서 나온 지 얼마 되지는 않았다고 해도 이렇게 어이없이 당한 건 처음이었다.

그런 티에라의 모습을 보던 카이엔이 씨익 웃으며 머리를 헝클어 주었다.

"이, 이게 무슨 짓이에요!"

"아, 미안. 귀여워서 나도 모르게 그만. 이렇게 하면 되지?"

카이엔이 헝클었던 티에라의 머리를 쓰다듬어서 다시 가지런히 만들어 주었다.

티에라의 입이 더욱 크게 벌어졌다.

그리고 그녀와 비슷한 표정을 지은 수많은 사람이 그 광경을 고스란히 지켜보고 있었다.

*   *   *

카이엔은 침대에 누워 오늘 있었던 일을 곱씹어 보았다.

티에라의 모습은 정말로 아름다웠다. 하지만 예쁘다는 이유로 그녀를 그렇게 대한 건 아니었다. 왠지 모를 친근함이 있었다.

그리고 그 친근함의 정체를 카이엔은 정확히 알고 있었다. 가이아의 포용력 때문이었다.

'그것뿐만이 아니지.'

헬게이트 원정의 동료였던 전투사제 가이스트의 영향이 컸다.

가이아 교단의 전투사제와 오랫동안 함께 하면서 그 느낌에 익숙해진 것이다. 가이스트는 마계에서 가장 오랫동안 살아남아 카이엔과 함께한 동료였다.

오늘 티에라를 보니 가이스트가 떠올랐다. 그녀가 싸우는 방식이 가이스트와 많이 닮았다. 물론 훨씬 어설프긴 했지만 말이다.

'수행 중이라고 했지?'

카이엔은 가이아 교단에 대해 많은 걸 알고 있었다. 사제가 된 지 얼마 안 된 자들보다 훨씬 깊이 알 것이다.

그렇기에 가이아 교단의 수행에 대해서도 제대로 알고 있었다.

대륙을 돌며 수행하는 것은 전투사제와 성기사였다. 그들은 다양한 사람을 만나고 경험하며, 육체적인 힘을 키움과 동시에 그들을 포용할 수 있는 마음을 기른다.

당연히 수행은 제법 오랫동안 계속된다. 어떤 경우는 10년이 넘게 대륙을 떠도는 일도 있었다.

'같이 다니자고 해 봐야겠군.'

아무리 어느 정도 마음을 정했다고는 해도 조금 지켜볼 필요는 있었다.

카이엔은 허공을 손가락으로 쭉 그었다. 그러자 새까만 선이 허공에 나타나더니 쫙 열리며 시커먼 공간을 드러냈다.

그 안에 손을 쑥 넣어 작은 장갑 하나를 꺼낸 카이엔은 다시 공간을 닫았다.

그것이 바로 가이스트가 남긴 가이아의 징벌이었다.

손가락 부분이 절반쯤 없는 새까만 장갑이었는데, 전체에 성스러운 금빛 문양이 가득했다. 또한 적에게 타격을 줄 수 있도록 정권 부분에 다이아몬드가 박혀 있었다. 그것도 가이아의 성력이 잔뜩 깃든 다이아몬드 말이다.

"처음에는 정말 놀라웠는데."

카이엔은 예전의 일을 떠올리며 미소를 지었다. 가이아의 징벌을 착용한 가이스트의 힘은 정말로 어마어마했다.

그의 주먹질 한 방에 웬만한 마물은 그대로 박살이 날 정도였다.

카이엔은 장갑을 손에 꼈다. 그리고 주먹을 꽉 쥐었다. 단단한 느낌이 손 가득 느껴졌다. 하지만 성물을 착용했을 때의 효과는 전혀 없었다.

가이아의 성물은 가이아의 종에게만 힘을 내준다. 특히 가이아의 징벌은 전투사제가 아니면 제대로 쓰기가 정말로 어려웠다.

전투사제 특유의 무술을 익히지 않으면 성물의 기능이 제대로 발동하지 않기 때문이었다.

카이엔이 그렇게 장갑을 낀 채 잠시 추억에 잠겨 있을 때, 문밖에서 누군가의 기척이 느껴졌다.

카이엔의 방 앞 복도에는 워낙 많은 사람이 오가기에 별 신경을 쓰지 않고 있었는데, 이렇게 누군가가 멈춰 있으면 자연스럽게 누군지 파악하게 된다.

"티에라?"

문 앞에 선 사람은 티에라였다. 그녀는 노크도 하지 않고 문을 벌컥 열었다.

"할 말이 있어서 왔어요!"

문을 열자마자 그렇게 외친 티에라는 긴장한 표정으로 카이엔을 바라봤다.

카이엔이 고개를 끄덕이며 말했다.

"일단 들어와."

티에라가 안으로 들어와 방문을 닫았다. 그녀가 카이엔의 방에 들어가는 광경을 복도에 있던 모든 사람이 확인했다. 그들은 대부분 아이트 백작가의 시녀였다.

사방으로 소문이 퍼져 나가는 소리가 들리는 듯했다. 물론 그 당사자인 카이엔이나 티에라는 전혀 신경도 쓰지 않았지만 말이다.

"무슨 일이지?"

티에라는 심호흡을 한 번 하고는 카이엔에게 뭔가를 말하려 했다. 하지만 그 순간 그녀의 눈에 카이엔이 손에 끼고 있는 장갑이 들어왔다.

"설마…… 징벌?"

"오! 알아보겠어?"

"그, 그걸 대체 어디서 구한 거죠!"

카이엔이 씨익 웃었다.

"글쎄. 어디에서 났을까?"

티에라가 굳은 표정으로 양 주먹을 꽉 쥐었다.

"가이스트 단장님은 어디 계시죠? 왜 그분의 성물을 당신이……
설마!"

카이엔은 티에라의 말에 묘한 표정을 지었다.

'가이스트가 헬게이트 원정에 참여했다는 걸 몰라?'

두 사람의 눈이 마주쳤다. 마치 중간에서 불꽃이 튀는 듯했다.

Chapter 5
가이아의 징벌

티에라가 카이엔의 방에 들어간 지 제법 오래되었기에 벌써 저택 안에 소문이 파다하게 돌았다. 벌써 몇몇은 문에 귀를 대고 안에서 들려오는 소리를 들으려 애쓰는 중이었다.

"어때? 신음 같은 게 들려?"

"오호호호. 얘는 못 하는 소리가 없어. 가이아의 사제님이셔. 함부로 몸을 굴릴 것 같아?"

"그냥 사제가 아니라 전투사제라며. 그건 성기사랑 비슷한 거 아니야? 듣기로 성기사는 밤일을 정말 끝내주게 한다던데."

"나도 그런 얘기는 들어 본 적이 있지만, 그래도 여자 사제님이시잖아. 아마 다르지 않을까?"

"그러게. 그나저나 우리가 들은 건 다 일리오스 교단 얘기잖아? 가이아 교단은 또 다를지도 모르지."

"소문을 좀 들어 보니까 더 개방적인 것 같더라. 싸울 때 옷도 안 입는대."

문에 귀를 대고 있던 시녀 두 명이 눈을 반짝였다. 그리고 고개를 돌려 마주 보고는 꺄꺄대며 손바닥을 서로 부딪쳤다.

"이럴 때가 아니지. 잘 들어 봐. 혹시 무슨 말을 하는지 들릴지도 모르잖아."

"멋진 귀족가의 공자님과 아름다운 사제의 사랑이 시작되는 건가!"

시녀 중 하나가 두 손을 맞잡고 꿈꾸는 듯한 표정으로 말했다. 그러자 동료 시녀가 주먹을 불끈 쥐며 결연하게 외쳤다.

"그 소문의 시작이 우리가 되는 거지."

쓸데없는 의욕으로 가득 찬 두 사람이 다시 문에 귀를 바짝 갖다 댔다. 하지만 아무리 애써도 전혀 소리가 들리지 않았다.

보통 이런 방은 방음이 잘 안 된다. 일부러 그렇게 만드는 것이다. 그렇기에 굳이 문에 귀를 갖다 대지 않고 가까이만 가져가도 어느 정도 대화를 엿들을 수 있었다.

한데 귀를 문에 딱 댔는데도 조용하기만 하니 당최 무슨 일이 벌어지고 있는지 알 수가 없었다. 최소한 침대 삐걱대는 소리라도 들려야 짐작을 할 것 아닌가.

"무슨 소리가 좀 들려?"

"아니, 정말 답답해 미치겠⋯⋯."

묻는 말에 반사적으로 대답하던 시녀는 얼굴이 새파랗게 질렸다. 그녀의 목이 딱딱한 움직임으로 천천히 돌아갔다.

"헉! 아, 아가씨!"

그곳에는 제니가 의미심장한 미소를 머금은 채 서 있었다. 그리고 제니 옆에는 언제 왔는지 릴리가 심각한 표정으로 서 있었다.

"안에서 대체 무슨 소리가 들리지? 아까 들어 보니 신음 어쩌고 하던데. 맞아?"

두 시녀의 얼굴이 창백하게 질렸다.

"아, 아니에요! 저희는 그저……."

제니가 차가운 얼굴로 말했다.

"쓸데없는 데 신경 쓰지 말고 가서 할 일들이나 해."

두 시녀는 살았다는 표정으로 허리를 꾸벅 숙였다.

"감사합니다, 아가씨."

인사를 하고 후다닥 물러나는 두 시녀를 잠시 쳐다보던 제니가 이내 고개를 돌려 릴리를 바라봤다.

"어떻게 할 거야?"

릴리는 입술을 깨물었다.

결과가 어떻게 되었는지 궁금하기도 하고, 카이엔을 보고 싶기도 해서 아이트 백작가에 찾아왔다. 한데 오자마자 들은 소식이 그녀를 혼란에 빠트렸다.

"그런데…… 정말 오라버니가 그렇게 하셨어?"

제니가 고개를 끄덕였다.

"내가 두 눈으로 똑똑히 봤어. 머리를 헝클고 쓰다듬고 난리도 아니었다니까."

가족이 아닌 이상 머리를 쓰다듬는 건 함부로 할 수 없는 행동이었다. 그런 행동 자체가 친밀한 정도를 나타내는 법이었다.

"일단…… 들어가 봐야겠지."

릴리는 그렇게 말하며 문을 노려봤다. 들어가려면 노크를 해야 하는데, 막상 하려니 쉽지 않았다.

문을 열고 들어갔는데, 자신이 전혀 원치 않았던 광경이 펼쳐져 있으면 절망감에 아무것도 못 할 것이다.

아무래도 시간이 조금 더 필요할 듯했다.

　　　　　*　　　　*　　　　*

테이블을 사이에 두고 마주 앉은 두 사람이 서로 바라봤다. 카이엔의 표정은 느긋했고, 티에라의 표정은 한껏 굳어 있었다.

"말씀해 주세요."

"뭘?"

"가이스트 단장님을 어떻게 했죠?"

"왜 내가 어떻게 했을 거라고 단정하지?"

"징벌을 가지고 계시잖아요."

"이거?"

카이엔이 손을 들어 올렸다. 여전히 가이아의 징벌을 착용한 채였다. 벗을 틈이 없었기에 그냥 차고 있었다. 제법 보기는 좋았다.

티에라의 표정이 더욱 심각해졌다.

"우리 교단에 돌려주세요."

"내가 왜 그래야 하지?"

"원래 우리 가이아 교단의 신물이니까요."

"원래 교단의 것이라고? 누가 그래?"

카이엔은 씨익 웃으며 말을 이었다.

"이건 신물의 주인 소유야. 교단의 것이 아니라. 너도 가이아의 장막을 가지고 있으니 잘 알 텐데? 설마 몰라?"

티에라의 얼굴이 딱딱하게 굳었다. 대체 어떻게 저런 것까지 알고 있단 말인가.

가이아의 신물에 대한 모든 건 철저히 비밀이었다. 티에라도 가이아의 장막을 물려받을 때에서야 그에 관한 사항을 들었다. 그때 얼마나 놀랐는지 모른다.

한데 그걸 외부인인 카이엔이 어떻게 알고 있단 말인가. 생각할 수 있는 답은 딱 하나였다.

"그분이…… 말씀해 주신 건가요?"

카이엔은 가타부타 대답하지 않았다. 그저 티에라를 신중히 살펴볼 뿐이었다.

어쨌든 마지막 동료이자 은인이기도 한 가이스트가 죽으면서 남긴 부탁이었다. 허투루 할 생각은 전혀 없었다.

딱히 가이스트가 어떤 사람에게 남겨 주라고 하지는 않았다. 그저 카이엔 마음에 드는 사람에게 주라고 했다. 하지만 그렇다고 아무에게나 던져 줄 수는 없지 않은가.

티에라의 머릿속은 복잡하기 그지없었다.

가이아의 신물은 카이엔이 말했듯 전적으로 소유자에게 권리가 있었다. 만일 가이스트가 카이엔에게 소유권을 넘겼으면 징벌의 주인은 카이엔이 된다는 뜻이다.

'하지만…… 가이아의 신물을 일반인이 쓸 수 있을 리 없어.'

티에라는 그 부분만큼은 확신했다. 아마 가이아의 징벌은 카이엔에게 거의 쓸모가 없을 것이다.

"그걸…… 어떻게 하실 생각이시죠?"

티에라의 말에 카이엔이 흥미로운 표정을 지었다.

"벌써 포기한 거야? 좀 더 우길 줄 알았더니 이거 생각보다 포기가 빠른데?"

"그게 진실이니까요."

티에라의 얼굴에 생기가 돌아왔다.

사실 조금 전까지는 과연 이 사람이 연무장에서의 그 전투사제가 맞나 싶을 정도로 생기가 느껴지지 않았는데, 이제야 원래 모습을 되찾은 것이다.

"아무튼 그거 어쩌실 건가요? 솔직히 필요 없으시잖아요?"

카이엔이 짓궂은 미소를 지었다.

"필요 없긴. 여기 있는 다이아몬드만 떼다 팔아도 한몫 단단히 잡을걸?"

그 말을 들은 티에라의 얼굴이 창백하게 질렸다. 성물의 다이아몬드를 떼다 팔겠다니. 그런 몰상식한 행동이 어디 있단 말인가.

"아, 안 돼요!"

"설마 내가 진짜로 그러겠어? 그리고 이 다이아몬드는 신의 힘이 깃든 거야. 인간이 이걸 뗄 수 있을 것 같아?"

티에라가 눈을 동그랗게 뜨고 입을 다물었다. 그리고 고개를 도리

도리 저었다.

그 모습이 너무 귀여워 절로 미소가 떠올랐다. 만일 정말로 뗄 수 있다고 말하면 또 어떤 표정을 지을까?

"그거…… 우리 교단에 돌려주지는 않으실 거죠?"

카이엔이 고개를 끄덕였다.

"역시 그렇군요. 그럼…… 가이스트 단장님의 소식이라도 들려주세요."

그렇게 말하는 티에라의 표정이 어두워졌다. 성물 소지자가 교단의 인물도 아닌 다른 사람에게 성물을 넘겼다는 사실이 의미하는 바는 명확했다. 하지만 그래도 꼭 듣고 싶었다.

"그 대답은 너도 알잖아?"

티에라의 눈에 습기가 살짝 차올랐다. 하지만 이내 그것을 손등으로 훔치고는 억지로 환하게 웃었다.

"역시 그분답게 가셨겠지요?"

티에라의 눈에서 눈물 한 방울이 나와 뺨을 타고 턱으로 흘러갔다. 환한 미소와 함께 흐르는 눈물이 묘하게 어울렸다.

그리고 그걸 보니 카이엔의 기억 한 부분이 슬그머니 떠올랐다.

"아! 생각났다. 네가 울보 꼬맹이였구나! 하하하하!"

티에라의 눈이 휘둥그레졌다. 울보 꼬맹이는 그녀가 어릴 때 가이스트가 자주 부르던 별명이었다. 하지만 그는 그녀와 둘이 있을 때만 그렇게 불렀다.

그걸 알고 있을 정도라면 가이스트와 정말로 친했던 모양이었다. 하긴 그러니 성물을 맡겼을 것이다. 가이스트가 아무에게나 성물을 넘길 정도로 무책임한 사람은 아니었으니 말이다.

'책임감이 지나치셔서 문제지.'

티에라가 속으로 그렇게 생각하고 있을 때, 카이엔이 턱을 쓰다듬으며 물었다.

"그런데 넌 왜 그분을 단장님이라고 부르는 거지?"

티에라의 표정에 혼란이 찾아왔다. 저 질문이 왜 나온단 말인가. 가이스트를 그렇게 잘 알 정도라면 그가 어떤 사람인지도 알아야 할 것 아닌가.

"그분은 우리 가이아 교단의 모든 전투사제를 총괄하시는 분이에요. 전투사제단의 단장님이시죠. 그런데 설마 정말로 몰라서 묻는 건 아니죠?"

이번에는 카이엔의 눈에 놀람이 어렸다.

"그렇게 중요한 직책에 있었어?"

그런 사람이 왜 교단에 알리지도 않고 헬게이트 원정에 참여했단 말인가. 그것도 비공식적으로 말이다.

"굉장히 책임감이 투철하신 분이었어요."

"책임감이라……."

카이엔은 책임감이라는 말을 곱씹었다. 어떻게 보면 모든 전투사제를 내팽개치고 헬게이트를 넘은 셈이었다. 그것만 따지면 책임감이라고는 눈곱만큼도 없는 사람이라 할 수 있었다.

하지만 카이엔은 티에라의 말이 가슴에 깊이 와 닿았다. 슈베르트 백작과 리터도 마찬가지 아닌가.

"가이아 교단은 헬게이트 원정에 참여하지 않기로 결정을 내렸던 건가?"

그 말에 티에라가 어리둥절한 표정을 지었다. 갑자기 헬게이트 원정 얘기는 왜 꺼낸단 말인가. 하지만 이내 씁쓸한 표정으로 고개를 끄덕였다. 그 부분은 티에라가 생각해도 이해하기 어려운 일이었다.

하지만 그것이 교황의 선택이었다.

"한데 갑자기 그건 왜 물으시죠?"

헬게이트는 닫혔다. 그리고 원정군은 전멸했다. 그것이 공식적으로 알려진 사실이었다.

물론 사실과 달랐고, 물밑으로 수많은 사람이 움직이고 있었지만 티에라가 거기까지 알 수는 없었다.

"그냥. 갑자기 떠올라서."

카이엔은 그렇게 말하고는 슬쩍 고개를 돌려 창밖을 내다봤다. 구름 한 점 없는 새파란 하늘이 쫙 펼쳐져 있었다.

'거 책임감 한번 뛰어나십니다. 뭐, 그래서 더 좋아했지만요. 그나저나 그렇게 저랑 엮고 싶어 하던 울보 꼬맹이가 저런 미인이라고 진작 말씀 좀 해 주시지 그러셨습니까.'

카이엔의 얼굴에 빙긋 미소가 떠올랐다. 이름이라도 알려 줬다면 더 금방 알아차렸을 것이다. 왠지 가이스트의 호탕한 웃음이 들리는 듯했다.

카이엔은 가이스트를 떠올리며 하염없이 파란 하늘을 바라봤다. 가이스트가 그렇게도 다시 보고 싶어 하던 파란 하늘이 끝없이 펼쳐져 있었다.

그리고 티에라는 조심스럽게 그런 카이엔을 바라봤다. 난데없이 말을 멈추고 창밖만 내다보며 미소 짓는 모습이 좀 황당하긴 했지만, 그래도 건드릴 수 없었다.

카이엔의 미소는 어딘가 슬퍼 보였다. 건드리면 금방이라도 눈물을 떨굴 것처럼.

*　　　*　　　*

제니와 릴리는 방문 앞에 서서 계속 서성였다. 두 사람이 거기 있으니 복도를 지나다녀야 하는 시녀들이 상당히 불편했다. 아니, 불안했다.

반드시 이 복도를 지나야 하는 건 아니지만, 여길 지나지 않으려면 제법 멀리 돌아가야 하기에 시간이 배로 걸렸다.

그렇게 다들 전전긍긍하고 있을 때, 모두를 구원해 줄 만한 자가 등장했다.

"우흐흐흐. 우리 주인님의 여자분들 아닙니까. 여긴 웬일이십니까. 우흐흐흐."

딜룬이었다.

제니와 릴리는 반색하며 딜룬을 맞이했다.

"어서 오세요. 카이엔 님을 뵈러 오신 건가요?"

딜룬은 어깨를 으쓱으쓱했다.

"그냥 가겠다고 하는데 다들 어찌나 붙잡고 칭송을 하는지 올 수가 없었다니까요. 우헤헤헤헷! 역시 강한 남자는 어딜 가나 인기가 많은 법이지요. 우헤헤헤헷!"

딜룬은 제니와 릴리를 번갈아 바라봤다. 두 여인이 뭔가를 갈구하 듯 초롱초롱한 눈으로 자신을 빤히 보고 있었다.

"뭡니까? 그 똥 마려운 강아지 같은 표정은?"

"하필 똥이 뭐예요! 아무튼 제 말을 좀 들어 보세요."

릴리는 자신이 처한 상황에 대해 간략하게 설명을 해 주었다. 그걸 모두 들은 딜룬의 입가가 씨익 올라갔다.

"우흐흐흐흐. 그러니까 지금 저 안에서 주인님과 그 예쁜 아가씨가 뭔가를 하고 있다는 겁니까? 우흐흐흐흐."

"그, 그런 셈이지요."

릴리와 제니는 딜룬의 웃음이 어딘가 음흉해서 당황스러웠다. 저 웃음과 말이 어우러지니 카이엔과 티에라가 방 안에서 뭔가 해선 안 될 짓을 하고 있는 것 같았다.

그리고 일단 그런 생각이 드니, 불안감이 더 커졌다.

'정말로 그러고 있으면 어쩌지?'

딜룬은 모든 상황을 간단하게 해결할 수 있는 방법을 제시했다.

"우흐흐흐. 뭘 그리 망설이십니까. 들어가면 되지. 자고로 이런 일 은 현장을 덮쳐야 하는 법입니다. 우흐흐흐흐."

"예? 아, 아니, 그게……."

두 여자가 말릴 틈도 없이 딜룬이 문으로 미끄러지듯 다가갔다. 그 리고 문에 손바닥을 턱 얹었다.

*　　　*　　　*

티에라는 멍하니 카이엔을 바라봤다. 대체 언제까지 창밖만 내다보고 있을 생각이란 말인가.

'설마 저러고 자는 건 아니겠지?'

하도 오랫동안 저러고 있는 걸 보니 그럴지도 모르겠다는 생각이 들었다. 건드리지 않고 기다리는 데에도 한계가 있었다.

티에라는 조심스럽게 자리에서 일어났다. 그리고 살금살금 카이엔에게 다가갔다.

그러고는 손가락으로 뺨을 콕 찔렀다.

자기가 해 놓고도 화들짝 놀라 얼른 손을 치우고 카이엔의 눈치를 살폈다. 하지만 카이엔은 미동도 하지 않았다.

티에라가 황당한 표정을 지었다. 그녀는 다시 한 번 손가락을 들어 뺨을 콕 찔렀다.

여전히 움직이지 않았다.

콕콕. 콕콕콕.

티에라는 그렇게 리드미컬하게 손가락으로 뺨을 찔렀다. 여전히 카이엔은 그대로였다.

"뭐야? 정말 이러고 자는 거야?"

어이가 없었다. 어떻게 저러고 잘 수 있단 말인가. 그것도 눈을 뜨고.

티에라는 노골적으로 카이엔을 붙들고 흔들었다.

"이봐요. 일어나요! 그냥 그러고 자는 게 어딨어요! 이봐요!"

카이엔이 스윽 고개를 돌려 티에라를 바라봤다. 티에라가 흠칫 놀랐다. 하지만 카이엔을 붙잡은 손을 놓지는 않았다.

"자긴 누가 잤다는 거지?"

"지, 지금…… 눈을 뜨고……."

"너도 눈을 뜨고 자나?"

티에라가 입을 꼭 다물고 고개를 도리도리 저었다.

"그럼 이건 뭐지?"

카이엔이 시선을 내려 자신의 몸을 붙잡은 티에라의 손을 쳐다봤다.

티에라는 당황하며 손을 떼고 뒤로 슬그머니 물러났다. 얼굴이 새빨갛게 달아올랐다.

카이엔은 그 모습을 보며 피식 웃었다. 그저 귀여워서 웃었을 뿐인데 받아들이는 티에라는 그렇지 않았다. 왠지 자기를 비웃는 것 같아서 발끈했다.

"그렇다고 그렇게 비웃으실 건 없잖아요! 뭐…… 손가락으로 찌른 건 미안해요."

티에라가 입술을 삐죽이며 고개를 옆으로 휙 돌렸다. 그러면서도 그녀는 자신이 왜 이러는지 알 수 없었다. 지금 그녀가 보여 주는 모습은 같은 교단의 친한 사람들 앞에서도 잘 하지 않는 짓이었다.

'이게 다 단장님 때문이야.'

가이스트와 친하다는 생각에 편해진 모양이었다. 티에라는 슬그머니 카이엔을 훔쳐보다가 눈이 딱 마주쳤다. 흠칫 놀라 다시 고개를 돌렸지만 붉어지는 얼굴은 어쩔 수 없었다.

"어울리지 않는 짓 그만 하고 이리 와봐."

"예?"

카이엔의 말에 티에라가 다시 고개를 돌려 바라봤다. 카이엔이 손가락을 까딱이는 모습이 보였다.

"정말⋯⋯."

티에라는 뭐라고 한마디 하려다가 포기하고는 카이엔에게 다가가 바로 앞에 섰다. 그리고 카이엔의 눈을 똑바로 바라봤다.

"자, 왔어요. 이제 어쩌실 거죠?"

티에라의 도발적인 시선에 카이엔이 빙긋 웃으며 그녀가 입은 옷, 가이아의 장막을 슬쩍 잡았다.

"이거, 아직 제대로 활성화가 안 되었는데?"

"활성화요?"

티에라는 의아한 표정을 지었다.

"성물이 주인을 선택한 다음 활성화를 시켜야 진짜 힘을 끌어낼 수 있는데, 혹시 모르고 있었나?"

"그런 말은 들어 본 적도 없어요!"

"네가 들어 봤든 아니든, 진실은 변하지 않아. 가이아의 장막은 이대로라면 그냥 쓸모없는 천 쪼가리에 불과해."

"어떻게 성물을 두고 그런 말을!"

티에라가 발끈했다. 하지만 지금 화를 내 봐야 아무 도움이 안 된다는 걸 알고는 슬그머니 꼬리를 내렸다.

"그럼 혹시⋯⋯ 방법도 알고 계시나요?"

카이엔이 빙긋 웃었다.

"물론이지."

티에라는 한참을 망설였다. 그러다가 이내 고개를 푹 숙이고는 기어 들어가는 듯한 목소리로 말했다.

"가, 가르쳐 주세요."

"그건 곤란하고 해 줄 수는 있지."

"그, 그럼 해, 해 주세요."

뭐가 그리 부끄러운지 그녀의 목소리가 더욱 작아졌다.

카이엔이 장난기 어린 눈으로 귀를 갖다 댔다.

"뭐라고? 잘 안 들리는데?"

티에라가 입술을 깨물었다. 그리고 눈을 질끈 감고 소리쳤다.

"해 주세요!"

그 순간 문이 벌컥 열리고 딜룬이 들어왔다.

"우혜혜혜헷! 아주 화끈한 아가씨로군요! 우혜혜혯!"

티에라가 멍하니 딜룬을 바라보다가 이내 상황을 파악하고는 맹렬히 손사래를 쳤다.

"아니에요! 그게 아니라고요!"

"우혜혜헷! 아니긴 뭐가 아닙니까! 솔로로 늙어 죽을 줄 알았던 우리 주인님이 드디어 꽃을 피우는가! 그보다 만나자마자 대체 뭘 하려고 했을까요. 진도가 무지무지 빠르시군요. 우흐흐흐."

"그게 아니라고요!"

절망에 찬 티에라의 외침이 방 안 가득 울렸다.

Chapter 6

가이아 교단과
일리오스 교단

카이엔 일행은 다시 에델슈타인 가문으로 돌아갔다.

제니가 그냥 아이트 가문에서 지내라고 끈질기게 권유했지만, 결국 다시 돌아가기로 했다. 그리고 당연히 티에라도 따라붙었다.

티에라는 돌아가는 마차 안에서 내내 안절부절못했다. 원하는 것이 둘이나 있었는데, 그중 하나도 얻지 못했으니 몸이 달아오를 만큼 달아오른 것이다.

'최소한 징벌은 되찾아야 하는데…….'

가이아의 장막을 활성화하는 건 급하지 않다. 나중에 어떻게든 방법을 알아내면 된다. 하지만 가이아의 징벌을 돌려받는 건 정말 중요한 일이었다.

가이아의 성물을 교단 사람이 아닌 외부인이 소유하다니, 받아들이기 어려웠다.

티에라는 열망이 어린 눈으로 끊임없이 카이엔을 바라봤다. 그리고 그걸 보는 다른 사람들의 눈빛이 참으로 묘했다.

'대체 뭐지? 오해라고 하지 않았나? 저 사제님 표정을 보면 결코 오해 같지 않은데?'

릴리가 불안한 눈으로 티에라와 카이엔을 번갈아 바라봤다. 그녀는 아직도 카이엔을 포기하지 않았다. 카이엔과의 약혼은 무산되었지만, 기회가 모두 사라진 건 아니었다.

한데 난데없이 아름다운 사제 하나가 튀어나와 끼어들었으니 불안하기 그지없었다.

제니의 눈빛도 심상치 않았는데, 티에라까지 붙으니 더 불안했다.

"두 분이 원래부터 아는 사이인가요?"

견디다 못한 릴리가 조심스럽게 물었다. 그 질문에 대한 답은 티에라의 입에서 즉시 튀어나왔다.

"아뇨."

"그럼 어제 처음 본 건가요?"

릴리의 표정이 살짝 굳었다. 첫눈에 반한다는 말은 아직 믿지 않았다. 하지만 첫 만남에 뭔가를 계기로 반할 가능성이 상당히 높다는 걸 잘 알고 있었다.

'내가 그랬으니까.'

그래서 더 전전긍긍했다. 왠지 카이엔과 티에라 사이가 급격히 가까워진 것처럼 보였다. 별것 아닌 동작이나 눈짓 하나에도 의미가 깃든 것 같았다.

대화는 지지부진하게 끝났다. 그 뒤로 침묵이 계속되었다. 침묵을 깰 만한 사람은 딜룬뿐이었는데, 딜룬도 나름대로 바빴다.

『우흐흐흐. 과연 그 방에서 뭘 하려고 했을까나. 우흐흐흐.』

『성물 자랑 좀 했지.』

『우흐흐흐. 역시 그랬군요. 하긴 가이아의 사제이니 가이아의 성물로 유혹하는 것이 가장 편하고 확실하죠. 우흐흐흐.』

『그만 하지?』

『우흐흐흐. 그만 하긴 뭘 그만 합니까. 밟으려면 밟으십시오. 그런다고 진실이 사라지지는 않습니다. 우헤헤헤헷!』

카이엔이 고개를 끄덕였다.

『그 말이 맞다. 진실은 사라지지 않지. 그리고 고통도.』

『꾸에에엑! 살려 주세요!』

평소보다 훨씬 아픈 그림자 밟기에 딜룬이 비명을 질렀다.

『너무하십니다! 어찌 종을 이리도 무지막지하게 다루실 수 있습니까! 제가 얼마나 쓸모 있는 마족인데!』

『그동안 내가 아주 많이 봐주고 있었다는 걸 알려 주고 싶어서.』

『헐!』

『너라면 잘 알 거야. 싸움에는 흐름이 있고, 그 흐름에는 맥이 있지.』

갑자기 싸움에 관한 얘기를 하니 딜룬의 눈이 초롱초롱해졌다. 세상 그 무엇보다 좋아하는 전투에 관한 얘기를 딜룬이 마다할 리 없었다.

『우헤헤헤헷! 역시 아시는군요. 힘만 세다고 싸움에서 이기는 게 아니라는 걸! 흐름을 꿰고 있어야 진정한 싸움꾼이라 할 수 있죠. 특히 그 흐름의 맥을 탁탁 짚어 내면 아무리 강하고 빨라도 당할 수밖에 없다는 말씀! 우헤헤헷!』

『역시 마족이라 그런지 싸움에 비교하니 이해가 빠르군.』

『그걸 말씀이라고 하십니까! 우린 전투 종족 아닙니까! 우헤헤헷!』

『이것도 마찬가지야. 그냥 아무렇게나 밟으면…….』

『꾸엑! 꾸엑! 꾸엑! 이게 무슨 짓입니까!』

『그리고 이렇게 맥을 짚어서 밟으면.』

『꾸에에엑! 살려 주세요!』

『잘 알았지?』

『어흐흐흑!』

『다음 단계도 있는데 가르쳐 줄까?』

『잘하겠습니다!』

딜룬의 대답에 카이엔이 씨익 웃으며 고개를 끄덕였다.

『기대하지.』

『그런데 주인님.』

딜룬이 조심스럽게 물었다.

『저…… 혹시 단계가 그 위로 더 많이 있는 겁니까?』

카이엔이 고개를 끄덕였다.

『총 10단계로 되어 있지. 참고로 오늘 겪은 진한 게 1단계야.』

『그럼 평소에 하던 건…….』

『단계에 미치지도 못하는 그런 거 있잖아. 준비 단계? 뭐 그런 거.』

갑자기 눈앞이 깜깜해졌다.

『어흐흐흑.』

잠시 그렇게 침울하게 있던 딜룬이 문득 떠오른 듯 고개를 갸웃거렸다.

『한데 주인님. 언제 누군가를 종속시켜본 경험이 있으십니까?』

카이엔이 무슨 말이냐는 듯 딜룬을 쳐다보자, 딜룬이 말을 이었다.

『아니, 그림자 밟기라든가. 뭐 이런 것들에 대해 너무 잘 알고 계시는 것 같아서…… 뭐랄까 예전에 제 몸에 영혼의 그림자를 넣은 것도 그렇고…… 뭔가 종속에 대한 모든 걸 마스터하신 느낌이라서…….』

『훗. 너무 깊이 들어가면 다친다.』

딜룬이 눈을 번득였다. 분명히 뭔가 있었다. 그냥 찔러 봤는데 대어가 낚인 것이다.

『우흐흐흐. 과연 비밀이 무얼까나…… 우흐흐흐.』

『웃음이 너무 음흉한데?』

『우흐흐흐. 제 웃음이 원래 이렇다는 거 잘 아시면서. 우흐흐흐. 그리고 음흉하다뇨. 이건 음흉이 아니라 사악입니다. 마족에게 더없이 어울리는 웃음이죠. 우흐흐흐.』

『……그래. 맘대로 생각해라.』

『우흐흐흐. 아무튼 그 비밀이 뭔지 모르지만, 왠지 내 자유와 깊은 관계가 있을 것 같은데? 우흐흐흐.』

카이엔이 어이없는 눈으로 딜룬을 쳐다봤다.

『그런 건 좀 속으로 생각하지?』

『속으로 생각한 건데요? 헉! 설마 들으셨습니까?』

딜룬의 이마에 식은땀이 흘렀다. 딜룬은 손등으로 이마를 슥 훔쳤다. 그리고 심호흡을 하고 카이엔을 똑바로 바라봤다.

"잘하겠습니다!"

난데없이 육성으로 터진 말에 마차 안의 침묵이 깨졌다. 다들 어안이 벙벙한 눈으로 딜룬을 바라봤다.

그제야 자신의 실수를 깨달은 딜룬이 뒷머리를 긁적였다. 물론 부끄러움이나 어색함 따위는 찾아볼 수 없었다.

"우흐흐흐. 주인님을 향한 충성의 다짐입니다. 어떻습니까? 정말 대단한 호위기사 아닙니까? 우흐흐흐."

"아…… 네…… 그, 그런 것 같네요."

딜룬이 자랑스럽게 가슴을 쫙 펴며 엄지손가락으로 자신을 가리켰다.

"제가 이런 마…… 아니, 사람입니다. 우흐흐흐."

티에라와 릴리가 멍하니 딜룬을 바라봤다. 물론 딜룬은 전혀 아무렇지도 않은 표정으로 마차 창밖을 내다봤다.

"우헤헤헷! 드디어 도착한 모양이군요. 다들 안 내리십니까?"

이내 마차가 멈추자, 딜룬이 가장 먼저 마차에서 뛰어내렸다.

"츄릅. 이거 갑자기 입에 침이 고이는 걸로 봐서 아무래도 에르미스가 근처에 있는 모양인데요?"

딜룬의 말에 뒤따라 내리던 카이엔이 피식 웃었다. 무슨 이런 말도 안 되는 소리를 한단 말인가.

티에라와 릴리가 함께 마차에서 내렸다. 그러자 어느새 다가온 자작가의 집사가 정중히 허리를 숙였다.

"오셨습니까, 아가씨."

릴리가 빙긋 웃으며 고개를 끄덕였다.

"예. 새 손님이 한 분 계시니 방을 좀 준비해 주세요."

"알겠습니다. 그리고 다른 손님도 한 분 와 계십니다."

릴리는 의아한 표정을 지었다. 자신을 찾아올 사람이 그리 많지 않은 탓이었다.

집사는 그런 릴리의 반응을 이해한다는 듯 부드럽게 미소 지으며 말을 이었다.

"아마 아가씨께서도 아는 분일 겁니다. 일리오스 교단의 에르미스 사제님께서 오셨습니다."

에르미스는 그 미모와 능력으로 수도에서 가장 유명한 사제였다. 당연히 릴리도 잘 알고 있었다. 몇 번 만나 본 적도 있었다.

하지만 친분을 다진 관계는 아니었다. 이렇게 불쑥 찾아왔다는 건 분명한 용건이 있다는 뜻이었다.

"그분이 왜 제게……."

"우헤헤헷! 역시 그럴 줄 알았다니까. 내 침은 한 번도 기대를 저버린 적이 없지. 우헤헤헤헷! 츄릅!"

릴리가 더러움도 잊고 딜룬을 바라봤다. 딜룬이 당당히 어깨를 펴고 앞으로 나섰다.

"우흐흐흐. 가시죠. 우리 에르미스를 소개해 드릴 테니까. 우흐흐흐흐."

릴리는 자신을 앞질러 저택으로 걸어가는 딜룬의 뒷모습을 멍하니 바라봤다.

"우리…… 에르미스?"

카이엔이 릴리 옆을 지나쳐가며 한마디 툭 던졌다.

"깊이 생각하면 손해다."

릴리의 표정이 더욱 멍해졌다.

*　　　*　　　*

"오랜만이에요. 카이엔 님."

에르미스가 반가운 표정을 지었다. 사실 며칠 되지는 않았지만 그래도 그 사이에 겪은 일이 워낙 격렬해서 오래된 것처럼 느껴졌다.

"제대로 처리는 했나?"

에르미스가 난감한 미소를 지었다.

"교국에서 지원을 해 주기로 했어요. 임시로 근처의 모든 신관과 성기사를 바움 숲으로 소집했고요. 아마 당분간은 문제없을 거예요."

에르미스는 그렇게 간략하게 상황을 설명하고는 고개를 돌려 딜룬을 바라봤다.

"딜룬 경께는 다시 인사드릴게요. 그때 도와주셔서 정말로 감사했습니다."

"우흐흐흐. 제 대단함을 아셨다면 그걸로 충분합니다. 우흐흐흐."

딜룬의 한결같은 모습에 에르미스는 하마터면 미소를 지을 뻔했다. 저런 말투와 행동도 계속 겪다 보니 이젠 익숙해지려고 한다.

'내가 무슨 무시무시한 생각을!'

저런 것에 익숙해지면 안 된다. 그건 마족의 꼬임에 넘어가는 것만큼이나 무서운 일이었다.

에르미스는 서둘러 말을 돌렸다.

"한데…… 이곳에 가이아의 사제분께서 계실 줄은 몰랐네요."

젤트 왕국에서 가이아 교단의 사제나 성기사를 보는 건 정말로 드문 일이었다. 총단이 젤트 왕국과 너무 멀리 떨어진 곳에 있어서 교세를 펼치기가 정말 어려웠기 때문이다.

그래서 역사적으로도 젤트 왕국은 주로 일리오스 교단의 영역이었다.

"가이아를 모시는 티에라입니다."

"일리오스를 모시는 에르미스입니다."

티에라가 환하게 웃었다. 그녀의 웃음에는 여전히 생기가 넘쳤다.

"말씀은 정말 많이 들었어요. 안 그래도 꼭 한번 뵙고 싶었답니다."

티에라가 초롱초롱한 눈으로 말하자, 에르미스가 어색하게 웃었다.

"반갑습니다."

티에라라는 이름은 들어 본 적이 없었다. 가이아 교단과는 교류가 거의 없긴 하지만, 그래도 기본적으로 유명한 사제라면 모를 리가 없었다.

예를 들어 전투사제단장인 가이스트라면 에르미스도 잘 알고 있었다. 심지어 몇 번 만나 본 적도 있었다.

"그런데…… 일리오스 교단에 무슨 일이라도 있는 건가요?"

현재 방 안에는 카이엔과 딜룬, 그리고 에르미스와 티에라밖에 없었다. 하지만 에르미스는 잠시 망설였다. 아무리 가이아의 사제라고 하지만 아무에게나 헬게이트에 관한 얘기를 해 줄 수는 없었다.

실제로 이번 바움 숲 헬게이트에 관한 것도 교단 차원에서 나서서 소문을 차단했다. 물론 겔트 왕국의 핵심 인물에게는 알려줄 수밖에 없었지만 말이다.

헬게이트의 존재를 많은 사람이 알면 알수록 혼란이 가중될 뿐이었다.

"헬게이트가 또 나타났거든. 그걸 막고 있는 거야."

에르미스가 머뭇거리자 카이엔이 그렇게 말해 버렸다.

"예? 헤, 헬게이트요? 그것이 또 나타났다고요?"

티에라는 경악했다. 그녀는 시선을 에르미스에게로 돌렸다. 과연 카이엔이 한 말이 정말인지 확인하고 싶어서였다. 카이엔을 못 믿겠다는 게 아니라 그만큼 중요하고 충격적인 사안이었던 탓이다.

에르미스가 무겁게 고개를 끄덕였다.

"맞아요. 헬게이트가 또 나타났어요."

"어찌 그런 일이……."

티에라의 얼굴이 창백해졌다. 헬게이트가 얼마나 무시무시한지는 티에라도 아주 잘 알고 있었다. 지난번에 나타난 헬게이트도 제때 막지 못해 왕국 하나가 날아가 버리지 않았던가.

"이번에는 헬게이트를 통해 마족도 나왔답니다."

티에라가 자리에서 벌떡 일어났다.

"예? 마, 마족이요?"

마족이라니. 마물을 쏟아 내는 것과는 차원이 다른 일이었다. 마족 하나가 수만의 마물보다 훨씬 더 위험했다.

에르미스가 빙긋 웃으며 딜룬을 바라봤다.

"여기 계시는 딜룬 경 덕분에 간신히 막아 낼 수 있었죠. 하지만 아직 위험은 모두 사라진 게 아닙니다."

에르미스의 표정이 다시 심각하게 굳었다. 당시를 떠올리면 여전히 다리가 후들거릴 정도로 두려웠다.

상대는 인간의 생명을 아무렇지도 않게 여겼다. 앞으로 어떤 희생이 따를지 상상만 해도 심장이 꽉 조여들었다.

"가이아 교단의 도움도 필요해요. 어쩌면 또 다른 헬게이트가 있을지도 몰라요. 만일 그걸 발견하지 못하고 그냥 방치하게 된다면……."

"지난번과 같은 일이 벌어지겠죠."

에르미스가 고개를 휘휘 저었다.

"아뇨. 훨씬 더 무서운 일이 벌어질 거예요. 그들이 헬게이트에 무슨 짓을 벌일지 알 수 없으니까요."

"그들……이라고요?"

대화가 그쯤 이어졌을 때, 카이엔이 손뼉을 짝짝 쳤다.

두 여인의 시선이 카이엔에게 집중되었다.

"자, 이쯤 하고 밥이나 먹으러 가지. 배를 채워야 싸움도 하고 그러는 것 아니겠어?"

"하지만……."

"자세한 얘기는 나중에 다시 하지. 나도 나름대로 아는 걸 풀어놓을 테니까."

그제야 에르미스와 티에라가 고개를 끄덕였다. 물론 완전히 수긍한 건 아니었지만 말이다.

카이엔은 자리에서 일어나 문으로 성큼성큼 걸어갔다. 그리고 문을 확 열었다.

문 앞에 귀를 바짝 댄 기사 한 명이 있었다. 그것도 지긋하게 나이를 먹은 기사가.

바로 무트였다.

에르미스와 티에라가 멍하니 무트를 바라봤다. 대체 이게 무슨 일이란 말인가.

무트는 당황한 얼굴로 얼른 자세를 바로 했다. 그리고 방 안에 있는 두 사제를 향해 정중히 기사의 예를 취했다.

"크흠. 가주님께서 손님들을 뵙고 싶어 하십니다."

카이엔이 짓궂게 웃으며 말했다.

"오래 기다리신 것 같은데, 노크를 하지 그러셨습니까. 하하하."

"막 하려고 했네. 지금 막!"

카이엔이 고개를 끄덕였다.

"하긴 자세가 딱 노크하려던 것 같긴 하더군요."

무트의 얼굴이 시뻘게졌다.

"크흠! 크흠! 아무튼!"

무트가 카이엔을 무시무시한 눈으로 노려봤다. 당장이라도 씹어 삼켜버릴 듯했다.

물론 고작 그런 눈빛으로 카이엔의 얼굴에서 미소를 빼앗을 수는 없었다.

"설마 저기 두 사제님만 보자고 하신 건 아니죠?"

무트가 못마땅한 표정으로 고개를 끄덕였다.

"손님들을 모두 모셔오라고 하셨네."

카이엔이 방 안에 남은 사람들에게 슬쩍 고갯짓했다.

"가지."

세 사람이 카이엔의 말에 따라 방을 나섰다.

방을 마지막으로 나선 사람은 딜룬이었다. 딜룬과 무트의 눈이 정면으로 마주쳤다.

딜룬이 히죽 웃었다. 그걸 본 무트의 눈에서 불똥이 튀었다.

'이 뚱땡이가 감히!'

무트가 이를 부득부득 갈았다. 역시 호위는 주인을 따라가는 모양이었다.

'너도 죽었다고 생각해라. 조만간 무릎 꿇고 싹싹 빌게 해 줄 테니까.'

무트의 눈에서 뻗어 나간 살기가 딜룬의 몸을 휘감았다. 그러자 딜룬의 눈이 살짝 커졌다.

딜룬의 입가가 길게 늘어났다. 그리고 살짝 벌어진 입으로 송곳니가 드러났다. 살기 때문에 전투 본능이 튀어나온 것이다.

딜룬의 검지 끝에서 손톱이 몇 센티 정도 쑥 자라났다. 무엇이든 잘라낼 수 있을 듯한 예기가 번득였다. 마치 잘 벼린 칼날처럼.

Chapter 7

에델슈타인 자작과의 만남

딜룬과 무트가 서로를 스쳐 지나갔다. 그리고 그 순간 누구도 눈치 채지 못할 정도로 은밀하고 빠르게 딜룬이 손을 움직였다.

날카로운 딜룬의 손톱이 무트의 목을 노리고 날아갔다.

팅.

막 경동맥을 끊어 버리려는 순간, 딜룬의 손톱이 뭔가에 맞아 튕겨 나갔다.

『이게 무슨 짓입니까! 꾸엑!』

『너야말로 무슨 짓이지?』

『저놈이 살기를 보였단 말입니다!』

『그럼 내가 살기를 보내 줄까? 나도 죽여 볼래?』

『아니, 살기를 보인 놈을 어떻게 살려둡니까! 이래서 인간들은 안 되는 겁니다. 그러시다가 뒤통수 제대로 맞습니다!』

카이엔이 이를 드러내며 웃었다.

『내가 뒤통수 맞을 거 같아?』

딜룬이 입을 다물고 도리도리 고개를 저었다.

『아뇨.』

『쓸데없이 피 보면 2단계가 뭔지 알려 주지.』

『잘하겠습니다!』

딜룬은 대답하며 몸을 부르르 떨었다. 1단계라고 밟은 것도 죽을 것처럼 아팠는데, 2단계는 또 얼마나 고통스러울 것인가.

아니, 그보다 그것이 모두 10단계나 된다는 걸 믿을 수 없었다. 대체 10단계까지 가면 어떤 고통이 기다리고 있을까?

딜룬이 묵묵히 카이엔의 뒤를 따라 걸어갔다.

그리고 자신이 방금 무슨 일을 겪었는지 전혀 모르는 무트는 딜룬과 카이엔을 번갈아 노려보다가 걸음을 빨리해 가장 앞으로 나섰다.

일단 가주의 명령을 받았으니 그들을 안내할 의무가 있었다.

                    *   *   *

에델슈타인 자작은 상당히 멋진 중년 귀족이었다. 다부진 체격에 멋들어진 콧수염까지 길렀다. 또한 아무 말 하지 않고 가만히 있어도 자연스럽게 주변을 장악하는 아우라를 풍겼다.

"오랜만이로군. 예전 약혼할 때 이후 처음인가?"

"그렇습니다."

에델슈타인 자작은 카이엔을 보며 눈을 빛냈다. 예전에는 그저 그런 귀족가의 서자라고 봤는데, 지금은 전혀 분위기가 달라졌다. 당연히 흥미가 생겼다.

"노파심에서 말하지만 지난번에 약혼을 먼저 파기한 건 우리가 아니라 그쪽이네."

"알고 있습니다."

당시 브리케 백작은 에델슈타인 자작가와 헬게이트 원정 사이에서 상당한 저울질을 했다. 결정적으로 백작 부인인 엘레나의 입김이 강하게 작용해 파혼을 결정했다.

헬게이트 원정이 걸려 있었기에 명분도 나쁘지 않았다. 모든 것이 너무나 자연스럽게 진행되었다.

하지만 카이엔이 헬게이트 원정에서 살아 돌아오는 바람에 일이 또 꼬였다.

에델슈타인 자작은 사실 혼례를 통해 자신을 휘두르려 한 브리케 백작이 마음에 안 들었다. 당연히 그 중심에 있는 카이엔도 좋게 보이지 않았다.

"지난번 파혼은 헬게이트 원정 때문에 어쩔 수 없었다 치고, 살아 돌아왔는데도 거절한 이유가 뭔가?"

"가문과 절연했습니다."

에델슈타인 자작은 잠시 말문이 막혔다. 물론 따로 조사했을뿐더러 릴리를 통해 카이엔이 어떤 결정을 내렸고, 또 어떻게 되었는지 잘 알고 있었다. 하지만 본인의 입으로 이렇게 직접 확인하는 건 그 무게감이 달랐다.

"곧 귀족도 아니게 될 텐데 약혼을 할 수는 없지 않습니까."

"가문과 절연했다고 피가 사라지는 건 아닐세."

당장 평민이 되지는 않는다는 뜻이었다. 나름대로 카이엔을 신경 써 준 말이었다. 하지만 정작 카이엔은 전혀 그런 것에 얽매이지도, 신경을 쓰지도 않았다.

"이미 끝난 약혼 얘기나 하자고 부르신 건 아닐 듯합니다만……."

카이엔의 말에 에델슈타인 자작 뒤에 석상처럼 서 있던 무트의 얼굴이 사정없이 일그러졌다.

'감히 저놈이 이젠 가주님께!'

무트가 카이엔을 향해 사정없이 살기를 날렸다. 그 살기에 반응한 것은 카이엔이 아니라 딜룬이었다.

『주인님, 저놈 또 살기 날리는데요?』

『내버려둬라.』

『주인님, 제게 맡겨 주십시오. 피 안 보고 잘 해결하겠습니다.』

『피 안 보고? 뼈만 부수려고?』

딜룬이 흠칫 놀랐다. 카이엔은 그럴 줄 알았다는 듯 말을 이었다.

『그냥 내버려둬. 응징은 내가 직접 한다. 피를 보는 것보다 더 재미난 것이 있으니까.』

『우흐흐흐. 역시 사악하신 검은 악마다우십니다. 그 방법이 뭔지 저도 알면 안 되겠습니까?』

카이엔은 대답하지 않고 그림자에 발을 올려놓은 채 잠시 고민했다. 밟을까 말까.

고민은 길지 않았다. 잠시 생각에 잠겼던 에델슈타인 자작이 입을 연 것이다.

"딸의 손님으로 자네가 온 것까지는 그런가 보다 했는데, 전혀 예상치 못한 분들이 자네를 중심으로 모이는 걸 보고 어떻게 가만히 있을 수 있겠나."

에델슈타인 자작은 그렇게 말하며 에르미스와 티에라를 날카로운 눈으로 잠깐씩 바라봤다.

두 여인은 그저 보기만 해도 보통사람이 아니라는 걸 알 수 있을 정도로 아름답고 기품이 넘쳤다.

"그리고 자네의 호위기사…… 딜룬 경이라고 했나? 이번에 아이트 백작가에서 제대로 한 건 한 모양이더군."

에델슈타인 자작의 번뜩이는 눈빛이 딜룬에게로 향했다. 그는 새로운 인재에 대한 욕심을 조금도 숨기지 않았다.

"우흐흐흐. 제 실력에 대한 소문이 벌써 여기까지 났나 보군요. 더한 것들도 있지만……."

딜룬은 말을 하다 말고 입을 꾹 다물었다. 어느새 카이엔이 그림자를 밟아 딜룬의 말을 막아 버린 것이다. 굳이 여기서 바움 숲의 일까지 들춰낼 필요는 없었다.

아직 일을 제대로 시작도 하지 않았다. 적은 하나도 드러나지 않았는데 이쪽만 드러나면 곤란하지 않겠는가.

딜룬이 입을 다물자 에델슈타인 자작은 카이엔 뒤에 있는 두 사제에게로 시선을 돌렸다.

"두 분도 여기 있는 카이엔 군 때문에 우리 가문에 머물고 계시는 걸로 알고 있습니다."

티에라와 에르미스가 고개를 끄덕였다. 그게 사실이었으니까.

에델슈타인 자작은 다시 시선을 카이엔에게로 향했다. 모두가 에델슈타인 자작이 이제 본론을 꺼낼 거라는 걸 알아차렸다.

"난 귀족의 피보다 상인의 피가 더 진하게 흐르는 사람일세."

에델슈타인 자작가도 베기 후작가와 마찬가지로 천한 상인 가문이라는 오명을 짊어지고 있었다. 베기 후작가와 다른 점은 굳이 그걸 오명이라고 여기지 않는다는 것이었다.

지금처럼 자신이 상인에 더 가깝다는 것을 부끄러워하지 않고 오히려 드러내는 경우가 많았다.

"그래서 그런지 모든 일이 거래의 연장선에 놓인다고 여긴다네. 이번 일도 마찬가지지. 자네가 내 딸의 손님으로 왔다지만 난 그냥 그런가 보다 하고 넘어가고 싶지 않네."

"뭘 원하십니까?"

에델슈타인 자작은 잠시 뜸을 들이며 딜룬과 티에라, 에르미스를 찬찬히 살폈다. 그들이 과연 카이엔에게 힘을 실어 줄지 어떨지를 가늠해 보는 것이다.

나름의 판단을 마친 에델슈타인 자작은 천천히 입을 열었다.

"이번에 암흑가를 소탕하려 하네. 하지만 알다시피 대놓고 가문의 힘을 쓸 수는 없다네."

에델슈타인 자작은 그렇게 말하고는 잠시 카이엔과 동료들의 반응을 살폈다. 다들 흥미로운 눈빛이었다. 상당히 긍정적인 결과를 기대할 수 있을 듯했다.

"우리 가문 말고도 총 열 개 가문이 동시에 나서기로 했네. 기사단을 동원하면 아주 간단한 일이지만 그럴 수 없으니 나름대로 은밀히 숨겨 뒀던 힘을 투입할 예정이라네."

열 개 가문이 동시에 검을 들이댄다면 아무리 암흑가라 해도 버틸 수 없을 것이다.

"다른 가문에도 계속 선을 대고 있네. 한 마디로 성공 가능성이 아주 높은 작전이 될 걸세. 물론 다들 비밀로 하고 진행하는 일일세."

그러니 함부로 떠들고 다니지 말라는 뜻이었다. 그걸 못 알아들을 사람은 이 중에 딜룬 밖에 없었다. 물론 그렇다 해도 함부로 나서지는 않았다. 카이엔의 발이 그림자 위에 있는 동안은 절대 입을 열지 않을 것이다.

"그래서 제게 암흑가 소탕을 도우라는 말씀이로군요."

에델슈타인 자작은 고개를 끄덕였다. 사실 이건 굳이 카이엔의 손을 빌리지 않아도 되는 일이었다. 이번 일을 통해 카이엔을 시험해 보고자 하는 뜻이 훨씬 강했다.

'릴리가 마음을 바꾸지 않는 한, 결국 이 녀석을 받아들일 수밖에 없을 테니까.'

그렇다면 차라리 능력을 확실히 파악하는 것이 나았다. 능력에 맞는 일을 찾아 시키면 되니 말이다.

"해 보겠나? 강한 호위기사가 있으니 큰 위험도 없을 것 같은데 말이야."

카이엔이 빙긋 웃었다.

"싫습니다."

설마 거절할 거라고는 생각도 못 했기에 에델슈타인 자작은 멍하니 카이엔을 바라봤다. 워낙 황당해서 어떻게 반응해야 할지를 몰랐다.

화를 터트린 것은 자작 뒤에 서서 지금까지 못마땅하게 지켜보던 무트였다.

"이 버릇없는 놈! 가주님께서 좋은 기회를 주셨으면 냉큼 감사하다고 인사를 해야지! 감히 거절을 해?"

"그렇게 좋은 기회라면 무트 경이 직접 하시죠. 전 빠지겠습니다."

카이엔은 그렇게 말하고는 에델슈타인 자작을 똑바로 보며 입을 열었다.

"오늘 중으로 떠나겠습니다."

에델슈타인 자작은 정신을 차릴 수 없었다. 대체 이렇게까지 하는 이유가 뭐란 말인가.

"나간다고? 꼭 그렇게까지 해야 하나?"

"밥값을 하기 어려우니 나가는 게 도리 아니겠습니까?"

"허어!"

에델슈타인 자작은 탄식하며 고개를 저었다. 아무리 생각해도 이해할 수가 없었다.

"한 가지 조언을 드리자면……."

"조언?"

에델슈타인 자작은 어이가 없었다. 이 상황에서 무슨 조언을 한단 말인가. 그리고 그 반응은 이번에도 무트에게서 터져 나왔다.

"네깟놈이 무슨 조언을 한단 말이냐!"

무트의 격한 반응에 에델슈타인 자작의 표정이 굳었다. 이것 역시 이상했다. 무트는 원래 이런 기사가 아니었다. 밖에서는 몰라도 자기 앞에서는 결코 나서서 경거망동하지 않았다.

"무트 경!"

에델슈타인 자작의 단호하고 차가운 어조에 무트가 흠칫 놀라 입을 다물었다. 그리고 자신이 지나치게 흥분했다는 것을 깨닫고는 굳은 표정으로 고개를 숙였다.

"죄송합니다. 자작님."

무트가 입을 다물고 물러나자, 에델슈타인 자작이 카이엔을 바라봤다.

카이엔은 어느새 자리에서 일어나 있었다.

"굳이 듣고 싶지 않다면 말씀드리지 않겠습니다. 하긴, 저처럼 어린 애송이의 조언이 무슨 의미가 있겠습니까."

카이엔의 얼굴에 떠오른 묘한 미소가 그 말과 곁들여지니 왠지 기분이 나빠졌다. 사적인 감정이 조금 많이 들어간 채로 그걸 본다면 비웃음이라고 판단할 수도 있었다.

하지만 에델슈타인 자작은 정계와 재계를 넘나들며 다양한 경험을 쌓은 사람이었다. 고작 그 정도로 마음이 흔들리지 않았다.

"아닐세. 무트 경의 무례는 내가 대신 사과하지. 부디 용서해 주게."

에델슈타인 자작은 그렇게 하며 고개까지 꾸벅 숙였다.

그 모습에 무트의 눈에서 불똥이 튀었다. 그는 입술을 꽉 깨물었다. 입술이 찢어져 피가 배어 나왔다. 자신 때문에 주군이 고개 숙여 사과하는 모습을 보니 참을 수가 없었다.

"그 사과 받아들이겠습니다."

무트는 카이엔의 태도가 너무나 뻔뻔하다고 여겼다. 하지만 더 나서지 않았다. 자신의 섣부른 행동이 어떤 결과를 낳았는지 지금 막 겪지 않았던가.

카이엔은 잠시 뜸을 들이다가 말을 이었다.

"이번 암흑가 정벌…… 참여하지 않는 것이 좋을 겁니다."

"그게 무슨 말인가?"

카이엔은 그저 씨익 웃기만 했다. 더 이상은 얘기해 줄 생각이 없었다.

사실 에델슈타인 자작가를 비롯한 열 개 귀족 가문은 어처구니없는 일을 저지르고 있는 것이다. 암흑가를 정벌하겠다니. 지금 암흑가를 장악한 것은 바리둔, 마족이다. 그것도 중급 마족.

고작 열 개 가문이 움직여서 어떻게 해 볼 수 있는 상대가 아니었다.

일리오스 교단의 지원이라도 받을 수 있다면 얘기가 조금 달라지겠지만, 지금은 그럴 상황도 아니었다. 아니, 애초에 마족이 개입된 걸 모르니 일리오스 교단을 끌어들일 리도 없었다.

이래저래 질 수밖에 없는 싸움이었다. 굳이 거기에 끼는 것은 손해를 보겠다는 발악이나 다름없었다.

'나머지는 자작의 선택이지.'

굳이 강요할 생각은 없었다. 말 그대로 조언일 뿐이었다. 그나마도 릴리와의 관계를 생각해서 해 준 말이었다.

"더 하실 말씀이 없으시다면 이만 물러가겠습니다."

카이엔의 말에 에델슈타인 자작이 고개를 끄덕이며 자리에서 일어났다. 그리고 손을 내밀어 악수를 청했다.

"어쨌든 만나서 반가웠네. 조언은 잘 곱씹어 보도록 하겠네."

카이엔이 씨익 웃으며 자작의 손을 잡았다.

"치기 어린 조언일 뿐입니다. 크게 신경 쓰지 마십시오."

카이엔은 그 말을 남기고 방에서 나갔다. 나머지 세 사람도 따라 나갔다. 마지막으로 나간 사람이 딜룬이었는데, 딜룬은 의미심장한 눈으로 자작과 무트를 한 번씩 바라본 다음 나갔다.

그 눈빛이 자작의 뇌리에 남아 좀처럼 사라지지 않았다.

"가주님, 명령만 내려 주십시오. 저 버릇없는 것들을 단단히 혼내 주겠습니다."

그제야 상념에서 벗어난 에델슈타인 자작이 눈살을 찌푸렸다.

"그만두게. 또 내가 고개를 숙이게 할 셈인가?"

"죄, 죄송합니다. 하지만……."

자작이 손을 들어 무트의 말을 막았다.

"됐네. 그만 하게."

무트가 금세 침울한 표정으로 고개를 푹 숙였다. 에델슈타인 자작은 그걸 보며 나직이 혀를 찼다. 하여간 손이 참으로 많이 가는 기사였다.

"경은 어떻게 생각하나?"

"예? 뭐가 말입니까?"

"암흑가 소탕 말일세."

무트가 고개를 갸웃거리며 말했다.

"당연히 해야 하지 않겠습니까? 그놈들이 일방적으로 모든 계약을 끊어 버렸으니 응당 책임을 져야지요."

에델슈타인 자작이 한숨을 내쉬며 고개를 저었다. 그 반응에 무트가 움찔하다가 이내 뭔가가 떠올랐다는 듯 놀란 표정을 지었다.

"설마 아까 그놈의 말을 염두에 두고 계시는 건 아니겠지요?"

"그게 아니라면 내가 왜 고민하고 경에게 이런 걸 묻겠나?"

"말도 안 됩니다! 그놈이 뭘 안다고!"

에델슈타인 자작은 대답 대신 눈살을 찌푸렸다. 저런 태도는 좋지 않다. 상대를 나이와 겉모습만으로 판단해선 안 된다. 뭔가를 판단하려면 되도록 많은 변수를 고려해야만 한다.

그래야 실수가 줄어들 테니까.

에델슈타인 자작은 지금 자신의 상태를 생각하고 피식 웃었다. 지금은 오히려 자신이 가장 불확실하다고 생각하는 것 때문에 고민하고 있었다.

'느낌이 안 좋아.'

이건 그저 감이었다. 카이엔이 그 말을 할 때 참으로 불길한 느낌이 들었다. 또한 마지막에 딜룬이 보여 준 눈빛도 마음에 걸렸다.

에델슈타인 자작은 자신이 이런 문제로 고민하게 될 줄은 생각도 못 했다.

이번에 에델슈타인 자작가가 지원하기로 한 것은 가문이 수십 년 동안 비밀리에 키워온 조직이었다. 정보와 무력을 모두 갖춘 조직이었는데, 만일 그 조직을 잃는다면 가문의 절반이 날아간다고 봐도 과언이 아니었다.

수도의 암흑가는 방대하고 지독하다. 그 정도의 조직 여러 개가 달라붙어야 피해를 줄일 수 있었다.

다른 열 개 가문에서도 그에 준하는 힘을 투입하기로 했다. 새로 끌어들이려는 다른 가문도 마찬가지였다. 그들도 나름대로 가문이 오랫동안 키워온, 또 준비해온 힘을 쏟기로 했다.

사실 암흑가 소탕 이면에는 그런 조직의 실전 훈련도 포함되어 있었다. 또한 가문의 힘을 은근히 과시하는 것도 목적 중 하나였다.

더불어 그렇게 해서 암흑가를 그들이 장악할 수 있게 된다면 얻는 이익이 어마어마할 것이다.

만일 암흑가 소탕에서 손을 뗀다면 그 모든 것을 포기해야만 한다. 게다가 그냥 빠지겠다고 하면 함께하던 다른 가문이 순순히 그러라고 하지도 않을 것이다.

에델슈타인 자작은 고민에 빠진 채 움직이지 않았다.

그리고 그런 에델슈타인 자작을 뒤에서 지켜보는 무트는 답답해서 심장이 멈출 것만 같았다.

'으아아악! 가주님! 그따위 놈 말 때문에 고민하지 말라고요! 으아아아!"

무트의 소리 없는 절규가 방 안을 가득 메운 채, 고민의 시간은 점점 길어져만 갔다.

Chapter 8
반터

HELLGATE

　반터가 에델슈타인 자작가에 은밀히 숨어 들어간 지 벌써 사흘이 지났다.

　그동안 그는 에델슈타인 자작가의 주변부터 시작해 내부까지 샅샅이 조사했다.

　'쉽지 않군.'

　그동안 수많은 명령을 받아 실행했다. 그리고 그의 주인은 단 한 번도 실망한 적이 없었다. 그의 일 처리 능력은 언제나 완벽했다.

　하지만 이번 일은 정말로 쉽지 않았다.

　카이엔을 멀리서 살피는 일은 별것 아니었다. 문제는 그 주변 인물들이었다.

　처음에는 릴리의 호위기사인 무트가 신경 쓰였다. 한데 이제는 고위 사제가 두 명이나 붙어 버렸다. 게다가 저 뚱뚱한 기사는 생긴 것과 달리 굉장한 실력을 가지고 있었다.

'이럴 줄 알았으면 좀 서두를 걸 그랬나?'

아무리 릴리와 무트가 붙어 있다고 해도 밤에 잘 때는 따로 떨어지기 마련이었다. 그때 기습했다면 카이엔만 깔끔하게 죽이고 빠져나올 수 있었다.

반터가 그렇게 하지 않은 이유는 뭔가가 꺼림칙했기 때문이었다. 그가 지금까지 한 번도 실패하지 않은 것은 지나칠 정도의 조심성과 준비성 덕분이었다.

시간은 오래 걸리겠지만 확실하게 처리하려면 충분한 사전 조사와 준비가 필수 요소였다.

'흔들리지 말자.'

이번에도 그렇게 할 것이다. 무조건 성공해야만 했다. 또한 자신이 했다는 증거도 남겨선 안 된다.

반터는 자신 있었다. 그는 혼자가 아니었다. 그것은 엘레나에게도 말하지 않은 비밀이었다.

*   *   *

카이엔이 에델슈타인 자작을 만나고 방으로 돌아왔다. 티에라와 에르미스는 카이엔의 눈치를 살폈지만, 정작 카이엔은 아무렇지도 않았다.

"주인님, 짐 쌀까요?"

"쌀 짐이나 있어?"

"우헤헤헷! 그런 건 없지만 왠지 그렇게 말해 보고 싶었습니다. 우헤헤헷!"

"쓸데없는 소리 그만 하고 좀 쉬어 둬. 갈 땐 가더라도 밥은 먹고 가야지."

"우흐흐흐. 밥 좋죠."

조금 전 그렇게 심각한 얘기를 하고 와서 밥 타령을 하는 두 사람을 보는 티에라와 에르미스는 고개를 절레절레 저었다.

"정말 못 말리겠군요."

"이제 어디로 가실 거죠? 아예 이참에 우리 교단으로 가시는 건 어떤가요?"

"반대합니다!"

딜룬이 손을 번쩍 들며 소리쳤다. 다른 곳은 몰라도 일리오스 교단에는 가기 싫었다. 그 지독한 가려움을 항상 참고 있어야 한다니, 어떤 의미에서는 카이엔의 그림자 밟기만큼이나 두려운 일이었다.

에르미스가 살짝 상처받은 눈으로 딜룬을 바라보며 물었다.

"왜요?"

딜룬은 에르미스의 표정에 흠칫하며 물러났다. 뭔가 대답해야 하는데 마땅한 말이 떠오르지 않았다. 딜룬은 그가 할 수 있는 최선의 선택을 했다.

"우리 주인님께서 싫어하십니다!"

모든 화살을 카이엔에게 돌려 버린 딜룬은 후련한 표정으로 이마의 땀을 훔쳤다. 그리고 음흉한 미소를 지으며 카이엔을 바라봤다.

카이엔은 잠시 황당한 눈으로 딜룬을 노려봤다.

『이거 정말 황당한 마족일세.』

『영광입니다.』

『······.』

말이 통하지 않으니 이길 수가 없었다. 물론 이럴 때마다 써먹으라고 그림자 밟기가 있긴 하지만 말이다.

"왜 안 되는 거죠?"

카이엔이 막 그림자를 밟으려는 순간 에르미스가 물었다. 그녀의 눈빛은 실망으로 가득 차 있었다. 만일 보통 남자가 마주 봤다면 대번에 그녀가 하자는 대로 했을 것이다.

"보통사람에게 신전 생활은 좀 불편합니다."

"예?"

그게 무슨 말이냐는 듯 에르미스의 눈이 커다래졌다. 금시초문이었다. 어떤 사람이든 일리오스 교단에서 머물라고 하면 기뻐할 것이다.

심지어 왕족도 마찬가지였다. 일리오스의 은총으로 충만한 대신전에서 지내면 날이 갈수록 몸이 건강해진다.

더불어 여자는 피부가 맑아지고, 남자는 정력이 강해진다. 그러니 누가 마다하겠는가. 당연히 그런 제의를 받은 사람은 두 번 생각할 것도 없이 바로 수락한다.

그렇기에 에르미스는 이렇게 말하는 사람을 처음 봤다.

"뭐가 불편한데요?"

정말로 모르겠다는 듯 에르미스가 묻자, 카이엔이 어깨를 으쓱하며 대답했다.

"모든 생활이 틀에 박혀 있지 않습니까. 저처럼 자유로운 영혼의 소유자는 신전 생활이 불편할 수밖에 없습니다."

그 말에 에르미스는 고개를 끄덕였다. 완벽히 이해할 수는 없었지만, 어렴풋이 무슨 뜻인지 알았다. 그래도 서운함이 사라지는 건 아니었다.

"그렇게 싫다고 하시면 어쩔 수 없지요."

에르미스가 순순히 포기하고 물러났다. 그러자 이번에는 티에라가 나섰다.

"그럼 어디로 가실 건데요? 저도 차라리 일리오스 교단이 편하고 좋은데……."

카이엔은 잠시 뭔가를 생각하다가 눈을 반짝 빛냈다.

"아예 이참에 저택을 하나 사 버릴까?"

그 말에 에르미스와 티에라가 뜨악했다.

"산다고요?"

"저택을?"

카이엔이 고개를 주억거리며 머릿속에 떠오른 것을 중얼거렸다.

"일단 규모는 이 정도면 될 것 같고……."

"이 정도? 어느 정도요?"

"설마 에델슈타인 자작가를 말씀하시는 건가요? 지금 우리가 있는 이 저택?"

두 여인은 어안이 벙벙한 표정으로 카이엔을 바라봤다. 그리고 좀 말려 달라는 듯 고개 돌려 딜룬을 봤다.

딜룬은 한 술 더 떴다.

"우흐흐흐. 이 정도로는 너무 좁지 않겠습니까? 세 배는 되어야 주인님의 품격에 어울립니다."

"그런가?"

"당연하지 않습니까. 그나마 주인님의 품격을 발톱만큼이라도 표현하려면 최소한 그쯤은 되어야죠. 우흐흐흐."

"사람도 구해야겠군."

"우흐흐흐. 주인님이 조금만 도와주시면 하인은 제가 얼마든지 구할 수 있습니다."

카이엔이 날카로운 눈으로 딜룬을 쳐다봤다. 딜룬은 슬그머니 고개를 돌려 그 시선을 피했다. 물론 그러면서도 입은 쉬지 않았다.

"최소한 하인이 천 명은 있어야 하지 않겠습니까?"

점입가경이었다. 에르미스와 티에라는 피식 웃으며 자리에 앉아 두 사람이 하는 양을 지켜봤다.

어느새 저택의 규모가 에델슈타인 자작가의 다섯 배로 결정되었고, 위치는 수도의 중심부에 잡기로 했다.

하인은 1,200명으로 결정되었고, 저택에 들어가는 장식품까지 하나하나 정해졌다.

어찌나 세심한지 듣다 보면 감탄이 나올 지경이었다.

"정말 대단하네요. 저런 걸로 시간을 보낼 수 있다니."

"저걸 하는 데 돈이 얼마나 들지 계산해 보긴 한 걸까요?"

"그걸 계산까지 하면 너무 현실적이 되잖아요. 꿈은 꿈에서 끝내야죠."

"하긴 그렇죠."

두 사제도 카이엔과 딜룬만큼이나 죽이 잘 맞았다.

"가문에서 나왔다고 했으니 지원도 못 받겠죠?"

"그보다 고작 브리케 백작가의 재력으로는 저 정도 꿈을 감당할 수 없어요. 백작가의 모든 사업체를 정리해도 안 될걸요?"

"그럼 방법이 없겠네요."

두 사제가 그렇게 농담을 섞어 상황을 정리하고 있을 때, 갑자기 뒤에서 누군가가 끼어들었다.

"방법이 왜 없어요?"

에르미스와 티에라가 고개를 돌려 뒤를 확인했다. 언제 들어왔는지 릴리가 서 있었다.

"돈 많은 여자랑 결혼하면 되죠."

에르미스와 티에라가 입을 가리고 풋 웃었다.

"정말 재미있네요."

에르미스의 말에 릴리가 어색하게 웃었다. 자기는 농담으로 한 말이 아니었다. 하지만 농담으로 받아들일 수밖에 없는 상황이었다.

그러는 사이 카이엔과 딜룬의 대화는 절정으로 치닫고 있었다.

"마차도 있어야 하지 않겠습니까? 주인님의 품격에 어울리려면 최소 8두는 되어야죠. 그리고 화려한 걸로다가 여덟 대는 있어야 그럭저럭 품격에 맞출 수 있겠군요. 우흐흐흐."

"마차에는 말이 중요한데."

"어디 말이 유명한지 제가 모르지만, 일단 어떤 말이든 구해 주시기만 하면 좋은 놈으로 바꿔 버릴 수 있습니다."

"말은 비제 왕국산(産)이 최고지요."

릴리가 이번에는 두 사내의 대화에 끼어들었다.

"오! 그렇군요. 그럼, 말은 그걸로 하죠. 우후후후. 그나저나 언제 오셨습니까?"

릴리가 빙긋 웃었다.

"조금 전에요. 재미있는 말씀을 나누고 계시네요."

"새로 저택 하나 구하려는 중이었습죠. 우흐흐흐흐."

릴리의 표정이 어두워졌다.

"정말…… 나가실 건가요?"

"뭐, 그렇게 됐다. 이참에 거처를 하나 마련하는 것도 나쁘지 않을 것 같고."

릴리는 말문이 막혀 입을 다문 채 카이엔을 바라봤다. 그녀의 눈빛이 촉촉하게 젖었다.

"아버지 때문인가요?"

카이엔이 고개를 저었다.

"말했잖아. 이참에 거처를 마련하려 한다고. 그때까지는 신세를 질 거야. 부탁한다."

릴리가 입술을 깨물며 고개를 끄덕였다. 카이엔의 어조에서 그의 결심을 읽을 수 있었다.

카이엔은 아무 말 하지 않는 릴리를 보며 빙긋 웃어 주었다.

"밥이나 먹으러 가자."

릴리는 말없이 고개를 끄덕였다. 지금으로서는 그저 지켜보는 것 외에는 방법이 없었다.

'그나저나 어떤 거처를 구하시려는 거지? 너무 허름한 곳에서 살겠

다고 하시면 큰일인데…….'

릴리는 물론이고 에르미스와 티에라도 비슷한 고민을 했다. 카이엔이 직접 거처를 마련하겠다고 하는 상황이었다. 재정 상태야 당연히 바닥일 테니 제대로 된 집을 구할 수 있을 리 없었다.

그녀들의 뇌리에서는 조금 전까지 카이엔과 딜룬이 나누던 대화가 이미 싹 사라져 버린 뒤였다. 어차피 부질없는 말, 의미 없이 사라지는 게 당연했다.

그들은 그렇게 식당으로 향했다.

*   *   *

에델슈타인 자작가에는 식객들이 이용하는 전용 식당이 마련되어 있었다. 상당히 훌륭한 식사를 할 수 있기에 누구도 불만을 품지 않았다.

카이엔 일행도 그 식당에서 식사를 하고 있었다.

식당에는 카이엔 일행 말고도 제법 많은 사람이 식사 중이었는데, 다들 카이엔 일행을 힐끔힐끔 훔쳐보느라 제대로 밥을 먹지 못하고 있었다.

카이엔 일행의 면면이 너무나 특별해 다들 시선을 뗄 수가 없었다.

일단 에르미스와 티에라의 미모만으로도 시선을 끌기 충분한데, 그녀들은 사제복을 입고 있었다. 더구나 에르미스는 수도에서 가장 유명한 사제 중 한 명이었다.

그뿐 아니라 거기에 에델슈타인 자작의 딸인 릴리까지 끼어 있으니 어찌 관심이 안 가겠는가.

그들은 귀를 활짝 열고 카이엔 일행이 무슨 대화를 나누는지 들으려 애썼다.

하지만 정작 당사자들은 묵묵히 식사에 열중했다. 심지어 말이 정말 많은 딜룬마저도 입을 꾹 다문 채 수저만 놀리고 있었다.

"그런데 정말 새로 집을 구하실 건가요? 차라리 아이트 백작가에 가 보시는 건 어떨까요?"

릴리가 그러지 말았으면 하는 마음을 억누르고 꺼낸 말이었다. 아이트 백작가에는 제니가 있다. 만일 이번 일로 제니와 카이엔이 가까워지면 정말로 가슴이 아플 것이다.

하지만 그건 나중의 일이었다. 릴리는 카이엔이 다 쓰러져 가는 집에 머물면서 고생하는 모습을 보고 싶지 않았다. 지금 말리지 않으면 순식간에 눈앞에 그런 광경이 펼쳐질 것 같았다.

"계획은 다 세워놨으니 걱정할 거 없어."

"예? 계획이요?"

"아, 릴리는 못 들었겠군. 아까 딜룬이랑 저택에 대해 얘기를 끝냈는데."

릴리뿐 아니라 에르미스와 티에라도 멍하니 카이엔을 바라봤다. 설마 아까 그 농담이 진심이었단 말인가?

"그, 그게 가능할 거라고 생각하시나요? 수도의 중심부에 그런 저택을 구하는 게? 실제로 그 정도 규모의 저택은 있지도 않아요."

"우흐흐흐. 그 정도야 간단하지요. 저택 몇 채를 한꺼번에 사서 담을 허물면 되지 않겠습니까? 우흐흐흐."

결국 릴리가 가장 중요한 점을 얘기했다.

"수도 중심부에 있는 저택을 한 채 사려면 돈이 얼마나 필요한지는 알고 계시나요?"

"모르겠는데요? 그게 중요합니까? 우흐흐흐."

릴리는 어이가 없어 입을 다물었다. 그리고 한숨을 삼키고는 차분히 말했다.

"거처가 완벽하게 마련되기 전까지는 여기 머물겠다고 약속해 주세요."

카이엔은 어려울 것 없다는 듯 고개를 끄덕였다.

"안 그래도 그러려고 했어. 아까 부탁한다고 했잖아."

"네. 그랬죠."

하지만 결코 실현할 수 없는 계획을 들었으니 걱정되는 게 당연했다.

'어쩌면…… 이대로 평생 여기서 눌러살게 되실 수도…….'

릴리는 문득 그렇게 되는 것도 나쁘지 않겠다는 생각이 들었다. 아니, 차라리 그렇게 되는 것이 나았다. 기회가 훨씬 많아진다는 뜻이기도 했으니까.

그렇게 결론이 나니 분위기가 조금 밝아졌다. 티에라와 에르미스도 가벼워진 마음으로 식사를 이어 갔다.

"그럼 밥도 다 먹었으니 슬슬 알아보러 나갈까?"

카이엔이 식사를 마치고 자리에서 일어나며 말했다. 다들 앉은 채로 그런 카이엔을 멍하니 올려다봤다.

"뭘…… 알아보러 가시는데요?"

"지금까지 말했잖아. 저택이라고."

저택 구매를 무슨 시장에서 물건 사는 일 따위와 혼동하고 있는 건 아닐까?

"우흐흐흐. 재미있겠다."

딜룬이 얼른 카이엔을 따라갔다. 그리고 에르미스와 티에라가 뭔가에 홀린 듯 그 뒤를 따랐다.

릴리는 한동안 멍하니 서서 카이엔 일행의 뒷모습을 바라보다가 퍼뜩 정신을 차리고 쫓아갔다.

"가, 같이 가요!"

＊　　　＊　　　＊

반터는 눈을 빛냈다. 목표가 저택에서 나온 것이다. 한데 신경 쓰이는 자들이 따라붙었다.

'사제 두 명, 뚱땡이 기사, 그리고 무트⋯⋯.'

다들 껄끄럽기 그지없는 상대였다. 반터 혼자서는 죽었다 깨나도 이길 수 없는 자들이기도 했다.

지붕 위에 몸을 감춘 채로 카이엔 일행을 훔쳐보던 반터 주위로 검은 옷에 복면을 쓴 자들이 불쑥불쑥 솟아났다.

"저들인가?"

"예. 저기 검은 머리를 한 남자만 죽이면 됩니다."

"사제가 둘이나 있군."

"예. 그리고 함께 있는 기사도 보통이 아닙니다."

"하나는 강해 보이는군."

"저 뚱뚱한 기사도 보통이 아닙니다."

반터는 자신이 딜룬에 대해 조사한 내용을 말해 줬다. 복면 사내들의 눈이 살짝 커졌다.

만일 그게 정말이라면 아무리 기습이라도 성공할 확률이 많이 줄어든다.

"아무래도 독을 쓰는 게 낫겠군."

"저도 그렇게 생각합니다."

복면 사내들이 저마다 품에서 병을 하나씩 꺼냈다. 각각 색깔이 다른 병이었다. 모두 일곱 가지였는데, 아르쿠스라는 이름을 가진 독이었다.

하나만 쓰면 아무 해가 안 되지만, 색이 하나 더해질 때마다 점점 강력해지는 독이었다.

만일 일곱 가지가 모두 모이면 드래곤도 쓰러뜨릴 수 있다는 전설을 가진 어마어마한 극독이었다. 물론 진짜 시험해 본 적은 없지만 말이다.

"이건 네 몫이다."

복면 사내가 붉은 병을 반터에게 내밀었다. 모든 색의 베이스가 되는 독이었다.

어떤 색의 독이든 붉은색 독이 없다면 아무런 반응도 하지 않는다. 그렇기에 아르쿠스를 쓰기 위해선 일단 붉은 독을 어떻게든 목표의 몸에 묻혀야만 했다.

그 역할을 반터가 맡은 것이다.

반터는 붉은 병을 들고 카이엔을 노려봤다. 그의 눈이 붉게 빛났다.

Chapter 9

아르쿠스

"일단 저택을 구매하려면 상단에 가 보는 것이 좋아요. 그런 것에 관한 정보가 모여드는 곳이니까요. 또 판매를 대행해 주기도 하고요."

"판매를 대행한다면 구매도 대행하겠군."

"하지만 그렇게 하면 수수료가 너무 많이 들어서 보통 구매할 때는 직접 발품을 파는 것이 나아요."

릴리의 말에 카이엔이 고개를 끄덕였다. 원래는 그냥 대충 믿을 만한 상단에 맡길 생각이었는데, 조금 전 그 생각이 바뀌었다.

최근 계속 신경을 건드리던 놈이 본격적으로 일을 시작한 듯했기 때문이다. 과연 그놈이 뭘 어떻게 준비했는지 즐겁게 기대 중이었다.

"그래서 추천 상단은?"

"일단…… 우리 가문의 상단이 제일 믿을 만하죠."

에델슈타인 가문의 상단이 믿을 만하다는 것은 당연히 릴리의 기준이었다. 그럼에도 동행하는 사람들은 그 말에 전부 고개를 주억거렸다.

만일 릴리와 함께 간다면 당연히 에델슈타인 가문의 상단이 가장 믿을 만하다. 다른 사람은 몰라도 릴리를 속일 리가 없으니 말이다.

"그럼 일단 거기로 가지."

"네. 제가 안내해 드릴게요."

릴리가 밝게 웃으며 말했다. 카이엔이 그녀를 믿어 주는 것 같아 기분이 좋아졌다. 그리고 아무래도 가문의 상단으로 가면 그녀가 원하는 곳과 최대한 가까운 위치에 저택을 얻을 수 있을 것이다.

'그나저나 정말 돈은 있으신 걸까?'

사실 릴리가 가장 걱정하는 것은 그 부분이었다. 그건 릴리뿐 아니라 에르미스와 티에라도 마찬가지였다. 헬게이트 원정군에 갔다가 운이 좋았는지 어쨌는지 이제 막 살아 돌아온 사람이었다. 돈이 있을 리없었다.

만일 카이엔이 저택이나 다른 물건에 대한 가치를 잘못 판단해서, 단순히 시세에 둔감해서 이런 일을 추진하는 거라면 결국 큰 상처를 받게 될 것이다.

일행은 마차를 타고 나오지 않았다. 어차피 에델슈타인 가문의 저택 자체가 수도의 중심부에 위치했기에 도보로도 얼마든지 돌아볼 수 있었다.

대저택들이 즐비하게 늘어선 곳이었기에 인적이 드물었다. 하지만 상단 건물 근처로 가면 제법 많은 사람이 오갈 것이다.

어느새 멀찍이 상단 건물이 보였다. 예상대로 거리를 오가는 사람들이 부쩍 늘어났다.

"저기가 우리 가문에서 운영하는 글란츠 상단이에요."

릴리가 밝은 표정으로 상단 건물을 가리키며 말했다. 7층이나 되는 높은 건물이었는데, 수많은 사람이 쉴 새 없이 입구를 들락거리고 있었다.

"규모가 상당하군."

"이래 봬도 우리 왕국에서 세 손가락 안에 드는 상단이랍니다."

세 손가락 안에 든다는 것은 릴리가 살짝 겸손을 담아 말한 것이고 실제로는 베기 후작가가 운영하는 리겔 상단과 왕국 제일 자리를 놓고 경쟁하는 상단이었다.

"어서 가 봐요. 미리 말을 해 두지 않아서 조금 기다려야 할 수도 있어요."

우선 안에 기별을 넣고 제대로 된 직원을 배정받아야 한다. 그 직원이 모든 걸 책임지고 처리해 줄 것이다.

미리 연락했다면 준비를 끝내 뒀겠지만, 워낙 갑작스럽게 나왔기 때문에 그저 여기까지 안내하는 것이 릴리가 할 수 있는 전부였다.

물론 그녀의 힘이 진짜 본격적으로 필요한 것은 지금부터였지만.

릴리가 앞장서서 걸음을 서둘렀다. 입구에는 언제나 상단 직원 몇명이 서서 손님을 맞이하는데, 그들이 릴리를 발견하고는 눈을 크게 떴다.

직원들이 인사를 하려 하자, 릴리가 급히 손을 저어 말렸다. 지금 굳이 주목받고 싶지 않았다. 그저 어서 빨리 상단으로 들어가 카이엔의 일을 해결하고 싶었다.

그녀가 그러는 사이에도 수많은 사람이 스쳐 지나갔다. 워낙 많은 사람이 오가는 장소였기에 누가 지나가는지 일일이 확인하는 건 불가능했다.

카이엔은 눈살을 찌푸렸다. 자신을 노리던 놈의 기척이 희미해진 것이다. 이건 다가오지 않고 떠나간다는 뜻이었다.

'뭐지? 분명히 뭔가를 하려는 것 같았는데…….'

그리고 그 순간, 수상한 기척을 흘리는 자들이 우르르 다가왔다. 평범한 사람들 틈에 섞여 있었지만, 그들이 평범하지 않다는 건 표정만 봐도 확실히 알 수 있었다.

가장 먼저 움직인 것은 무트였다.

무트는 심상치 않음을 느끼고 릴리 옆에 바짝 붙었다. 그리고 신경을 곤두세웠다.

'어떤 놈이 감히 글란츠 상단 앞에서 아가씨를 노린단 말인가!'

무트는 보통사람이 아닌 놈들을 향해 살기를 쏘아 보냈다. 그들이 흠칫 놀라 그대로 주저앉았다. 그리고 두려움에 벌벌 떨며 무트를 바라봤다.

확실히 무트는 대단했다. 하지만 그뿐이었다. 그들 외에 숨은 자들은 여전히 목적을 이루기 위해 멀쩡히 움직이고 있었다. 무트에게 다행스러운 건 그자들이 릴리를 노리지 않는다는 점이었다.

카이엔은 명백히 자신을 노리고 움직이는 자들을 보며 피식 웃었다.

다른 요란한 놈들 때문에 상대적으로 평범해 보이지만, 그들은 결코 평범하지 않았다. 그 미묘한 차이가 카이엔에게는 하늘과 땅만큼이나 커 보였다.

카이엔은 그들이 저마다 들고 있는 작은 병을 확인했다. 붉은 액체가 담긴 병이었다.

'저거로군.'

카이엔이 손을 들어 양옆을 슬쩍 밀었다.

에르미스와 티에라가 옆으로 쭉 밀려났다. 그녀들은 황당한 눈으로 카이엔을 바라봤다.

그리고 눈치를 챈 딜룬이 카이엔 뒤에 서 있다가 순식간에 멀리 떨어졌다.

그 순간 카이엔에게 다가온 자들이 저마다 병을 던졌다.

쨍그랑!

병들이 바닥에 부딪혀 산산조각 났다. 그리고 붉은 연기가 훅 피어올랐다.

"꺄악!"

"무슨 일이야!"

주변이 소란스러워졌다. 그리고 상단의 경비병이 출동했다.

카이엔은 손을 한 번 휘저어 남은 연기를 하늘 높이 날려 버렸다. 보아하니 공기 중에서 시간이 지나면 자연스럽게 사라져 버릴 듯했다.

하지만 몸이나 옷에 묻은 건 사라지지 않았다.

카이엔의 옷은 특별하다. 재료도 보통이 아니었고, 그걸 가공한 방법도 특수했다. 옷을 만들 때도 그냥 만든 것이 아니었다. 온갖 희한한 기법이 다 들어간 옷이었다.

스르르륵.

옷에 묻은 붉은 액체가 그대로 스며 들어갔다. 마치 옷이 그걸 흡수해 버리는 듯했다. 한순간 옷이 붉게 물들었다가 다시 원래대로 돌아왔다.

붉은 물결이 카이엔의 옷을 한차례 휩쓸고 지나갔다. 그걸로 끝이었다. 옷에 묻은 독은 완벽히 사라졌다.

문제는 몸에 묻은 독이었다. 카이엔은 손을 들어서 확인했다. 붉은 독이 손에 묻었다. 피할 수 있었지만 굳이 피하지 않았다. 이 독이 자신에게 아무런 해도 입힐 수 없다는 걸 확신했기 때문이었다.

"아르쿠스가 왜 여기 나타난 거지?"

카이엔의 입가에 섬뜩한 미소가 맺혔다.

＊　　　＊　　　＊

멀찍이 떨어져서 글란츠 상단을 살피던 반터의 눈에 희열이 감돌았다.

"성공했군."

완벽한 성공이었다. 사실 다른 사람들의 희생도 각오했다. 사제를 건드리는 건 찜찜하지만 어쩔 수 없다고 생각했다.

한데 정확히 목표에게만 붉은 독을 묻혔다. 심지어 독을 던진 놈들도 안전했다.

"그건 좀 마음에 안 드는군."

만에 하나라도 그들을 통해 자신이 드러나면 곤란했다. 물론 그럴 일은 없을 것이다. 조만간 그들 역시 처리할 테니까.

"자, 그럼 슬슬 다음 단계를 진행해 볼까?"

반터가 의미심장하게 웃으며 품에서 주황색 병을 꺼냈다. 이제 다른 색깔의 독을 살포하는 것만 남았다. 지나갈 길목에 미리 뿌려놔도 된다. 어쨌든 붉은 독이 묻었으니 다른 독이 닿기만 해도 끝장날 것이다.

반터가 은밀하고 빠르게 움직였다. 그리고 반터가 사라지자, 근처에 각자 몸을 숨기고 있던 복면 사내들도 사방으로 흩어졌다.

이제 목표를 제거할 시간이 되었다.

*　　　*　　　*

글란츠 상단의 직원인 트로이는 표정을 관리하느라 무진 애를 썼다.

"다시 말씀해 주시겠습니까?"

"에델슈타인 자작가의 다섯 배 정도 되는 저택을 사겠다고. 지금 이 말만 세 번째 하고 있는 내 심정은 어떨까? 우흐흐흐."

트로이는 웃으며 말하는 딜룬을 멍하니 바라봤다. 하지만 이내 자신의 실책을 깨닫고 퍼뜩 정신을 차렸다.

"아! 죄, 죄송합니다. 너무 엄청난 말을 들어서……."

트로이는 침을 한 번 꿀꺽 삼킨 후 말을 이었다.

"수도 중심부에 그 정도로 큰 저택은 없습니다."

"우흐흐흐. 걱정할 거 없어. 그 정도 규모로 만들면 되니까. 몇 채를 동시에 사서 다 터 버리자고. 가능하지?"

"무, 물론 가능합니다만……."

트로이는 그렇게 말을 흐리며 슬쩍 릴리의 눈치를 살폈다. 이들은 릴리가 데려온 손님이었다. 그러니 보통사람은 아닐 것이다. 하지만 당장 믿어 버리기엔 내용이 너무 허황됐다.

"저…… 수도 중심부에서 그렇게 많은 저택을 구매하려면 상당히 많은 돈이 필요합니다만……."

상대의 재정 상태를 묻는 건 굉장한 실례가 될 수 있었다. 하지만 카이엔이나 딜룬은 그런 체면에 구애받는 사람이 아니었다.

"우흐흐흐. 돈 걱정은 할 필요 없으니까 서둘러. 그렇죠? 주인님?"

카이엔이 고개를 끄덕여 긍정을 표했다. 그러자 지금까지 숨죽이고 지켜보던 세 여인이 의아한 표정을 지었다.

'돈 걱정을 할 필요가 없다고? 대체 돈이 어디서 난 거지? 원래 돈이 많은 가문이 아닌데…….'

더욱이 가문의 지원을 전혀 받지 못하는 상황이니 온전히 카이엔 개인의 돈이라는 뜻이었다. 대체 그 많은 돈을 어디서 구했단 말인가.

귀족이 저렇게까지 말을 하는데 의심한다는 건 명예와도 직결되는 문제였다. 그렇기에 트로이는 더 이상 캐물을 수 없었다.

하지만 그래도 불안하기 그지없었다. 만일 시세를 제대로 몰라 재정 상태를 과신하는 거라면 낭패였다. 저택을 매물로 내놓은 귀족들과 직접 만나 저택을 소개해야 하는 건 트로이었다.

만일 전혀 구매 가능성이 없는 사람을 데리고 돌아다니며 그런 짓을 했다는 것이 알려지기라도 하면 글란츠 상단의 신용에 금이 갈 수도 있는 일이었다.

　답답한 트로이의 시선이 릴리에게 향했다. 릴리 역시 상인 가문에서 보고 들은 바가 있는데, 그가 왜 저렇게 안절부절못하는지 모를 리 없었다.

　"저…… 오라버니. 이거 정말 굉장한 실례가 될 수도 있는데…… 그래도 걱정이 되어서요."

　카이엔이 충분히 예상한다는 듯 빙긋 웃었다. 그런 분위기 하나 잡아내지 못할 정도로 눈치가 없지 않았다.

　자신과 딜룬이 저택에 대해 대화를 나눌 때부터 알고 있었다. 에르미스도 티에라도 전혀 둘의 말을 믿지 않았다는 것을 말이다.

　또한 릴리는 물론이고 이 상단의 직원마저 아직까지 의심을 버리지 못하고 있다는 사실도.

　"뭐, 이해할 수는 있지만, 기분이 좋은 건 아니로군."

　릴리의 얼굴이 새빨갛게 물들었다.

　"죄, 죄송해요."

　카이엔이 빙긋 웃었다.

　"그냥 놀려본 거야."

　그렇게 말하며 카이엔은 주머니 하나를 내밀었다. 어른 주먹 다섯 개쯤 들어갈 정도의 크기였는데, 뭔가 묵직한 것이 잔뜩 들어 있었다.

　"이게 뭔가요?"

　"알아서 처분해서 돈으로 바꿔 줘. 그걸로 저택을 사려고 하니까."

릴리는 그 말을 듣고서 주머니 안에 무엇이 들었는지 알 수 있었다.

"보석이로군요."

릴리의 반응은 시큰둥했다. 그것은 옆에서 지켜보고 있던 트로이 역시 마찬가지였다.

일반적으로 큰 액수의 거래는 보석을 이용한다. 하지만 카이엔이 준 주머니 정도의 크기라면 간신히 저택 하나를 살 수 있을 정도였다.

물론 안에 어떤 보석이 들었는지에 따라 달라지겠지만 보통 돈 대신 쓰이는 보석을 생각하면 턱없이 모자라 보였다.

"보석은 감정만 하고 나면 돈처럼 쓰실 수 있어요."

릴리는 무심코 주머니를 열며 말을 이었다.

"그리고 절 믿어 주시는 건 감사하지만 계약서는 쓰시는 게 좋아요. 그래야 확실하죠."

릴리가 트로이에게 눈짓을 하니 그가 후다닥 달려가 계약서 한 장을 가져왔다. 보석 거래에 관한 계약서였다.

카이엔이 계약서에 사인하는 걸 보며 주머니를 확인한 릴리의 몸과 표정이 그대로 얼어붙었다.

"이, 이게…… 뭐죠?"

"왜? 모자라?"

릴리가 세차게 휘휘 고개를 저었다.

"아, 아뇨. 추, 충분해요."

옆에 서서 지켜보던 트로이는 궁금해 미칠 지경이었다. 대체 안에 뭐가 들었기에 릴리의 반응이 저렇단 말인가. 게다가 충분하다니.

'대체 어떤 보석이 들어 있기에…….'

트로이는 궁금증을 금방 풀 수 있었다. 릴리가 주머니를 넘긴 것이다.

"허억! 피, 핑크 다이아몬드!"

주머니 안에는 아기 주먹만 한 핑크 다이아몬드가 가득 들어 있었다.

핑크 다이아몬드는 그 희소성 때문에 어마어마하게 비싼 보석이었다. 이 정도 크기라면 하나만도 쉽게 구하기 어려운데 무려 수십 개가 들어 있었다.

이렇게 많은 핑크 다이아몬드를 한꺼번에 보는 건 처음이었다. 아마 앞으로도 다시는 이런 일을 경험하지 못할 것이다.

트로이는 덜덜 떨리는 손을 진정시키려 애쓰며 주머니를 닫았다. 그리고 조심스럽게 그걸 품에 안았다.

만일 이걸 잃어버리거나 도둑맞는다면 그야말로 끝장이었다. 생각만 해도 끔찍했다.

"설마 저런 게 더 있단 말인가요?"

"뭐, 좀 되지."

카이엔은 자세히 말해 주지 않았다. 돈이 많은 건 사실 당연했다. 마계의 왕국 하나를 무너뜨렸다.

아무리 인간계가 아닌 마계의 왕국이라 해도 얼마나 많은 재화가 쌓여 있었겠는가. 그것들이 고스란히 카이엔의 수중에 들어왔다. 사실 지금 카이엔이 건넨 주머니도 아무거나 잡히는 대로 하나 집어든 것에 불과했다.

"어쨌든 돈은 얼마든지 들어도 좋으니 부탁 좀 하지."

트로이는 이마가 땅에 닿을 정도로 허리를 꾸벅 숙였다.

"맡겨만 주십시오!"

처음에는 상단의 중개자와 함께 저택을 보러 다니려던 카이엔이었다. 하지만 이제 생각이 바뀌었다.

'일단 그놈부터 잡아야지.'

아르쿠스를 어떻게 구했는지 알아내야 했다. 아마 헬게이트를 연 놈들과 직접적이든 간접적이든 관계가 있을 것이다.

『딜룬.』

『말씀하십시오, 주인님.』

딜룬도 카이엔에게서 심상치 않은 느낌을 받았는지라 평소와 달리 장난기를 쏙 빼고 대답했다.

『뒤를 캐.』

『알겠습니다.』

딜룬은 그렇게 대답하고는 뒤로 슬쩍 빠졌다. 그리고 그대로 사라졌다.

누구도 딜룬이 사라지는 모습을 보지 못했다.

딜룬은 그렇게 목표인 반터의 그림자 속으로 들어갔다.

『우흐흐흐. 안착!』

다시 장난스럽게 돌아온 딜룬의 말투에 카이엔이 피식 웃었다.

『혼자서 할 수 있겠어?』

『우흐흐흐. 절 너무 띄엄띄엄 보시는 거 아닙니까? 저 딜룬입니다, 딜룬.』

카이엔은 주위를 슥 둘러봤다.

"그럼 맡기는 걸로 하고 슬슬 돌아가지."

그 말에 멍하니 있던 세 여인이 퍼뜩 정신을 차렸다.

"아! 네. 그, 그렇게 해요."

그리고 그제야 딜룬이 사라진 걸 깨달은 에르미스가 두리번거렸다.

"한데 딜룬 경이 보이지 않네요."

카이엔이 씨익 웃었다. 물론 어디로 갔는지 대답해 주지는 않았다. 그리고 밖으로 나갔다.

다들 후다닥 카이엔을 따라갔다.

이제부터 모두가 바빠질 것이다. 카이엔의 눈이 날카롭게 빛났다.

Chapter 10
반터의 배후

카이엔은 글란츠 상단에서 나와 거리를 거닐었다. 파리처럼 귀찮게 주변을 맴도는 놈들의 기척이 느껴졌다.

'흑마력 계열은 아닌 것 같고…….'

흑마법사나 다크나이트, 다크어쌔신이라면 그들의 몸에 숨은 어둠의 기운이 느껴졌을 것이다. 하지만 지금 카이엔 주변을 맴도는 놈들에게는 그런 느낌이 없었다.

'뭐가 이리 어설퍼?'

은밀함이 떨어졌고, 움직임도 어딘가 딱딱했다. 저런 자들이 과연 뭘 할 수 있단 말인가. 저들로는 릴리 옆에 딱 붙어 있는 무트조차 당해 내지 못할 것이다.

'하긴, 딱히 실력이 필요한 건 아니지.'

어차피 아르쿠스의 붉은 독을 썼다. 나머지 독은 그저 길에 깔아 놓기만 해도 충분했다. 저들로도 얼마든지 손을 쓸 수 있다는 뜻이다.

'그저 바람에 날려 보내기만 해도 피하기 어렵겠지.'

저들이 어떻게 나올지는 뻔했다. 아르쿠스는 색깔의 순서를 맞춰서 쓰는 것이 가장 강력한 힘을 발휘한다. 아마 다음은 주황색 독을 뿌릴 것이다.

'저렇게 말이지.'

멀리 지붕 위에서 검은 옷을 입은 사내 하나가 굴뚝 뒤에 숨어 주황색 독을 허공에 뿌리고 있었다.

마침 바람이 그쪽에서 카이엔을 향해 불고 있었기에 가루 형태의 독이 바람을 타고 넓게 퍼지며 날아왔다.

붉은 독이 묻지 않은 사람에게는 전혀 해롭지 않지만, 그래도 독은 독이었다. 카이엔은 아르쿠스가 주변 사람들에게 닿게 두기 싫었다.

"후으으읍!"

카이엔이 크게 숨을 들이마셨다. 그러자 놀라운 일이 벌어졌다.

허공에 흩날리던 모든 아르쿠스가 카이엔의 입으로 빨려 들어간 것이다. 마치 예전 딜룬이 어둠의 기운을 흡수하던 것과 비슷했다. 아니, 그보다 훨씬 대단했다.

물론 결과가 그렇게 되었다는 건 카이엔을 제외하면 누구도 몰랐다. 허공에 흩어진 채로 날아가는 주황색 독은 눈으로 식별하기 어려웠다.

그렇기에 독을 뿌린 사내들이나, 카이엔과 함께 걸어가는 일행들이나 무슨 일이 벌어졌는지 전혀 몰랐다.

카이엔은 슬쩍 고개를 돌려 멀리서 자신을 주시하는 자들을 쳐다봤다. 그리고 정확히 눈이 마주치자 씨익 웃어 주었다.

검은 옷을 입은 사내들이 흠칫 놀라 급히 몸을 숨겼다.

"왜 그러세요?"

어느새 옆에 붙은 릴리가 물었다. 릴리의 시선은 카이엔을 거의 떠나지 않았다. 카이엔의 일거수일투족이 모두 궁금한 여자였다.

카이엔은 릴리의 물음에 대답해 주지 않고 그저 한 번 부드럽게 웃어 주었다.

"가자."

릴리가 얼굴을 붉히며 고개를 끄덕였다.

카이엔이 흡수한 주황색 독은 체내에서 붉은 독을 만났다. 그러자 강렬한 독성 물질로 변했다.

촉매 역할을 하는 붉은 독은 그대로 남은 채 주황 독만 변형되었다.

정말로 지독한 독이 되었지만, 카이엔에게는 아무런 영향도 미치지 못했다. 아니, 오히려 카이엔에게는 더 좋았다.

아르쿠스는 어둠의 기운을 이용해서 만드는 독이었다. 어둠은 어둠인데 이질적인 어둠이었다.

그것을 응축해 만든 독은 인간은 물론이고 마족조차 받아들이기 어려웠다. 그렇기에 아르쿠스는 마족에게도 상당히 효과적인 독이었다.

그렇다. 아르쿠스는 마계의 독이었다.

카이엔은 체내에 만들어진 주황색 아르쿠스를 조금씩 분해했다. 물론 그렇게 하겠다고 의식해서 이루어지는 작업이 아니었다. 거의 본능에 가까웠다. 그저 숨 쉬듯 자연스럽게 아르쿠스가 분해되었다.

이질적인 어둠이 분해되면 빛과 어둠으로 나뉜다. 그렇기에 아르쿠스는 마족에게도 치명적인 독이 되는 것이다. 일단 체내에 들어오면 분해하는 과정에서 강력한 빛의 힘이 쏟아져 나온다.

하지만 카이엔은 인간이었다. 그래서 그 영향으로부터 아무렇지 않을 수 있었다.

이질적인 어둠이 분해되어 순수한 빛과 어둠이 되었다. 빛의 힘이 카이엔의 몸 구석구석에 스며들어 활기를 전해 주었다.

그리고 깊은 어둠은 고스란히 카이엔의 힘이 되었다. 물론 카이엔이 원래 가진 힘에 비하면 개미 눈물만큼밖에 되지 않는 미약한 양이었지만 말이다.

*　　*　　*

검은 복면 사내들은 크게 당황했다. 주황 독을 뿌렸는데 아무 반응이 없었기 때문이었다. 게다가 목표인 카이엔은 마치 자신들이 무슨 짓을 벌였는지 안다는 듯 웃었다.

이럴 때 반터와 의논을 해야 하지만 반터는 이미 이 근처에 없었다.

그들은 품을 만져 독이 든 병을 확인했다. 그들의 품에는 색색의 병이 있었다. 방금 주황색 병을 비웠으니 이제 남은 건 다섯 가지 색깔뿐이었다.

"아르쿠스가 잘못된 건 아니겠지?"

복면 사내 중 하나가 그렇게 말했다. 물론 말을 하는 본인이나 듣는 동료나 그게 말도 안 된다는 건 잘 알고 있었다.

그들이 아르쿠스를 이용한 것은 처음이 아니었다. 벌써 세 번이나 써먹은 독이었다. 그때마다 아르쿠스는 믿음직스러운 결과를 안겨 주었다.

솔직히 주황색 독 이상을 쓸 일도 없었다. 목표가 아무리 강한 자라 하더라도 주황색 독조차 견디지 못했다.

한데 이번 목표는 뭔가가 달랐다.

"대체 뭐가 어떻게 된 거지? 제대로 저 근방에 독이 살포된 건 맞나?"

"아르쿠스를 뿌리는 연습을 얼마나 지독하게 했는지 잊었나? 틀림없이 뒤집어썼어."

"그런데 왜 반응이 없는 거지?"

그 질문을 던지자 침묵이 흘렀다. 믿을 수가 없었기 때문이었다. 아르쿠스를 견딜 수 있다니 말이다.

"저자는 우리가 생각했던 것보다 훨씬 강한 모양이야. 아니면 주황색 독이 생각만큼 강한 게 아니거나. 솔직히 슈베르트 백작에게 써본 것은 아니잖아?"

"그야 그렇지만……."

왕국 제일검인 슈베르트 백작은 혹시 주황색 독을 견딜 수 있을지도 모른다. 물론 조금 전까지는 그렇게 생각하지 않았다. 하지만 드러난 정황을 보면 그럴 것 같았다.

물론 확실한 건 아무것도 없었다.

"어쨌든 두 번째 독을 준비해야겠어."

그들은 품에서 노란색 병을 꺼냈다. 이 독은 주황 독보다 다섯 배나 독성이 강했다. 아마 주황 독을 견뎠다 하더라도 이 독에 닿으면 흔적도 없이 녹아 버릴 것이다.

그들은 그렇게 믿었다.

*　　*　　*

앞쪽에서 아주 강렬한 어둠이 느껴졌다. 카이엔은 그것이 아르쿠스일 거라고 확신했다.

아르쿠스는 이미 마계에서 수없이 경험해 봤다. 솔직히 마계에서 가장 흔한 독 중 하나가 바로 아르쿠스였다. 하지만 그만큼 효과가 확실한 독이기도 했다.

아르쿠스에 당하지 않으려면 그저 조심하는 수밖에 없었다. 최소 마계 공작급 힘을 갖기 전에는 말이다.

사실 공작급 마족이라 하더라도 아르쿠스의 위험에서 자유로울 수는 없었다. 하지만 감각적으로 그것을 알아차리고 피할 수는 있었다.

"잠깐 멈춰 봐."

다들 걸음을 멈추고 의아한 눈으로 카이엔을 바라봤다. 단 한 명, 무트만이 무시무시한 눈으로 노려볼 뿐이었다. 무트는 카이엔이 명령을 내리고 나머지가 따르는 듯한 모양새가 마음에 안 들었다.

"왜 그러세요?"

릴리의 물음에 카이엔이 빙긋 웃으며 먼저 걸음을 옮겼다.

"내가 앞장서고 싶어서."

다들 황당한 눈으로 카이엔을 바라봤다. 일행의 얼굴에 '이게 대체 뭐지?' 라는 듯한 표정이 떠올랐다.

특히 무트의 표정은 가관이었다. 붉으락푸르락한 얼굴로 콧김을 씩씩 뿜어내는 것이 금방이라도 달려들 것 같았다.

아무튼 카이엔의 의도는 정확히 먹혀들었다. 다들 어이없는 눈으로 바라보는 바람에 카이엔보다 몇 발이나 뒤처진 것이다.

일행이 카이엔을 따라가려 했을 때, 카이엔은 이미 저들이 독을 살포해 놓은 곳에 들어섰다.

골목에 노란 독이 깔려 있었다. 상당한 양이었다. 어디로 가든 피할 수 없도록 잔뜩 쏟아 부은 것이다.

아르쿠스는 일정 시간이 지나도록 몸에 닿거나 하지 않으면 사라져 버린다. 애초에 이질적인 어둠을 이용해 만든 것이기에 자연으로 돌아가려는 성질이 강했다.

그러니 이렇게 지나가는 길목에 미리 독을 깔아 두려면 상당한 노력이 필요했다.

카이엔은 그들의 노력을 비웃기라도 하듯 골목에 들어서며 환하게 웃었다.

쩡!

카이엔이 발을 디디자 유리 깨지는 소리와 함께 바닥에 깔려 있던 노란 독이 우수수 일어나 허공에 흩날렸다. 카이엔은 그것을 보며 한 발 더 걸었다.

쩌정!

이번에는 벽에 붙어 있던 독이 모두 떨어져 나왔다. 그것은 바닥에서 일어난 독과 섞이며 함께 흩날렸다.

"후웁!"

이번에도 카이엔이 그것을 모조리 빨아들였다. 노란 독은 하나도 남기지 않고 사라져 버렸다.

카이엔의 몸에 들어간 노란 독은 붉은 독과 만나 격렬하게 반응했다. 주황 독의 거의 다섯 배에 해당하는 강렬한 독성을 내뿜었다.

물론 카이엔에게는 전혀 위협이 되지 않았다.

카이엔은 노란 독을 분해해 빛과 어둠으로 나누었다. 빛이 몸 구석구석에 스며들며 활력을 보내 주었다. 그리고 어둠은 카이엔이 품은 깊고 거대한 어둠에 먹혀 버렸다.

노란 독이 사라지기 무섭게 일행이 골목에 들어섰다.

"그 말씀만 하시고 혼자 가시면 어떡해요?"

릴리가 살짝 서운한 듯 말하자, 카이엔은 빙긋 웃으며 괜찮다는 듯 그녀의 어깨를 살짝 두드려 주었다. 그러자 릴리의 얼굴이 살짝 붉어졌다. 그리고 옆에서 그걸 지켜보는 무트의 눈에서 살기가 튀어나왔다.

'감히 이놈이! 아가씨의 몸에 손을 대다니!'

무트가 무시무시한 눈으로 카이엔을 노려봤지만, 카이엔은 전혀 신경도 쓰지 않았다.

카이엔이 다시 걸음을 옮겼다. 그리고 일행은 말없이 카이엔을 따라갔다.

무트는 화를 억누르며 릴리 옆에 붙었다.

'이놈! 다음에는 치졸한 수에 당하지 않는다! 넌 죽었어!'

＊　　　＊　　　＊

사내들의 혼란은 극에 달했다. 설마 노란 독도 버텨낼 줄은 몰랐다.

"분명히 뭔가 이유가 있을 거야. 노란 독을 견뎠을 리가 없어."

그 말에 다들 고개를 끄덕였다. 하지만 아무리 그래도 모든 가능성을 염두에 두고 움직여야만 했다.

"이제 남은 기회는 한 번이야. 이번 기회도 놓치면 에델슈타인 자작가 안에서 일을 벌여야 해."

그렇게 되면 성공 확률이 한없이 낮아질 것이다. 물론 독의 파괴력이야 높아지겠지만, 독을 쓸 상황 자체를 만들기 어려워진다.

"이번에 남은 독을 싹 쏟아 버리는 건 어때?"

"다들 죽을 각오를 하고 덤벼야 할 것 같아."

그 말에 모두가 결연한 표정으로 고개를 끄덕였다. 그들은 그렇게 키워진 자들이었다. 목적을 위해서라면 자신의 목숨은 아무렇게나 내다 버릴 수 있었다.

그들이 모시는 유일한 주인, 반터를 위해서라면 무엇이든 할 수 있었다.

복면 속에 드러난 눈이 섬뜩하게 빛났다. 그들은 어느새 품에서 남은 모든 독을 꺼냈다. 이 독이 모두 쏟아지면 목표는 죽음을 피할 수 없을 것이다. 그리고 자신들도 죽을 것이다. 목표의 동료들에 의해서.

*   *   *

딜룬은 그림자에 숨어서 편안하게 반터를 따라갔다. 물론 반터는 자신의 그림자에 누군가가 숨어 있을 거라고는 꿈에도 생각지 못했다.

반터는 이동하면서 수하들이 보내는 신호를 수시로 확인했다. 반터와 수하들 사이에는 특별한 신호 체계가 존재했다.

"믿어지지가 않는군. 노란 독도 견뎌 냈단 말인가? 어떻게 인간이 그럴 수 있지?"

반터의 중얼거림을 들은 딜룬이 입가 잔뜩 비웃음을 매달았다.

'아르쿠스로 주인님을 해치려는 시도 자체가 멍청한 짓이지.'

솔직히 아르쿠스는 딜룬도 꺼림칙했다. 하지만 얼마든지 독의 기척을 느끼고 피할 수 있기에 두렵지는 않았다.

한데 카이엔은 그런 차원이 아니었다. 아르쿠스 자체가 아예 아무런 위협이 되지 않았다. 아니, 오히려 그 안에 든 빛과 어둠의 힘을 모두 받아들여 자신의 힘으로 만들 수 있었다.

즉, 아르쿠스는 카이엔에게 영양제나 다름없는 역할을 한다. 그러니 아르쿠스로 카이엔을 죽이겠다는 시도 자체가 정말로 멍청한 짓이었다.

'주인님께 써 보려면 최소한 데펙투스 정도는 되어야지.'

데펙투스는 마계에서 천족을 죽이기 위해 개발한 독이었다. 그것도 그저 그런 천족이 아닌, 제사장쯤 되는 초고위 천족을 죽이기 위해 만든 독이었다.

당연히 마족에게도 통한다. 마계에서는 데펙투스를 마왕이나 마왕의 직계를 죽이기 위한 암수로 쓴다.

그 정도로 엄청난 독이었다.

하지만 속으로 그 독을 떠올린 딜룬도 과연 데펙투스로 카이엔을 죽일 수 있을지 확신할 수 없었다.

물론 데펙투스를 구하는 것도 쉬운 일이 아니었고 말이다. 데펙투스는 만들기 위해 들어가는 재료가 워낙 희귀해 독 제조 자체가 난제의 연속이었다.

'데펙투스라…… 과연 만들 수 있을까?'

딜룬은 그림자 속에서 눈을 번득였다. 그걸 만들 수 있다면 정말 유용하게 쓸 수 있을 것이다.

그렇게 딜룬이 딴생각을 하는 사이, 반터가 방향을 바꾸었다. 원래 가려던 곳이 아닌 다른 곳으로 향한 것이다.

'느낌이 좋지 않아.'

이 느낌이 반터에게는 정말 중요했다. 어쩌면 이번 일이 실패할 수도 있을 것 같다는 기분이 강하게 들었다.

반터가 도착한 곳은 수도 외곽에 있는 빈민가의 뒷골목이었는데, 거기에 검은 복면을 쓴 사내들이 서 있었다. 아르쿠스를 준 자들이었다.

"여긴 무슨 일이지? 아르쿠스는 충분히 줬을 텐데?"

"도움이 더 필요하오."

"도움? 아르쿠스는 어쩌고?"

"목표가 노란 독까지 견뎌 냈소."

그 말에 복면 사내들이 눈에 띄게 동요했다. 하지만 이내 신색을 회복했다.

"고작 노란 독까지 쓰고 우릴 찾아온 건가? 나머지 독이 네 가지나 남았는데?"

"느낌이 좋지 않소. 나머지로도 그를 죽일 수 없을 것 같소. 더 확실한 방법이 필요하오."

복면 사내들은 고개를 저었다.

"우리에게도 아르쿠스보다 더 확실한 방법은 없다. 독을 확실히 쓴게 맞나?"

"당신들도 내가 붉은 독을 쓰는 광경을 봤잖소. 그게 제일 중요한 것 아니오?"

복면 사내들은 대답하지 못했다. 반터의 말대로 붉은 독만 제대로 쓰면 나머지 독을 쓰는 건 일도 아니었다. 그냥 바람에 따라 흘려보내기만 해도 충분했으니까.

"직접적인 무력을 원하오."

"그 대가를 지불할 만한 능력이 있나? 고작 브리케 백작가에서?"

반터가 차분히 대답했다.

"브리케 백작가가 아니라 엘레나 님이오."

그제야 복면 사내들이 조금 관심을 보였다.

"슈메츠 후작가에서 아직도 지원을 해 주나?"

슈메츠 후작가는 엘레나의 가문이었다. 물론 직계는 아니었다. 하지만 분명한 것은 엘레나를 슈메츠 후작이 상당히 아꼈다는 점이었다.

"내가 바로 그 증거요."

복면 사내들은 반터를 보며 고개를 끄덕였다. 확실히 반터 정도 되는 능력자를 보내 여러 일 처리를 한 걸 보면 후작가에서 뒤를 봐주고 있음이 분명했다.

"일단 목표 주변의 힘이 대단해서 우리만으로는 쉽지 않아 보이는

군."

반터는 대답하지 않았다. 저들이라면 어떤 식으로든 답을 만들어 낼 것이라 확신했다.

"대가만 확실히 보장한다면 아르쿠스 따위보다 훨씬 대단한 독을 준비할 수도 있는데……."

"정말이오?"

"하지만 대가가 만만치 않을 거야. 데펙투스는 만드는 것도 장난이 아니게 힘들고 돈도 많이 들어가거든."

데펙투스라는 말이 떨어지기 무섭게 반터의 그림자에서 딜룬이 불쑥 튀어나왔다.

툭! 풀썩!

반터가 목을 얻어맞고 기절했다. 딜룬의 짓이었다. 딜룬은 어느새 데펙투스라는 말을 꺼낸 복면 사내의 목을 움켜쥐고 있었다.

"다시 말해 봐. 뭐라고?"

복면 사내가 악독한 눈빛으로 딜룬을 노려봤다. 하지만 다음 순간, 동료들이 일제히 입에서 피를 뿜으며 쓰러져 버리자, 흠칫 놀랐다.

"자, 이제 말할 준비가 되었나?"

딜룬의 눈이 핏빛으로 물들었다. 그걸 마주 본 사내의 온몸에 소름이 오돌오돌 돋았다. 사내의 뇌리가 점차 공포로 물들어 갔다.

Chapter 11
데펙투스

돌아가는 내내 더 이상 아무 일도 일어나지 않았다.

'독을 뿌리는 놈들 실력이 형편없으니 기회도 제대로 못 만드는 군.'

이래서야 무슨 재미가 있단 말인가.

카이엔은 고개를 슬쩍 돌려 무트를 쳐다봤다. 무트는 여전히 씩씩 대고 있었다. 콧숨이 어찌나 큰지 옆에 있던 릴리가 가끔 돌아볼 정도 였다.

"무트 경, 괜찮으세요?"

릴리의 물음에 무트가 억지로 미소를 지으며 릴리를 바라봤다.

"괜찮습니다. 저 멀쩡합니다. 그러니 걱정하지 않으셔도 됩니다, 아가씨."

"하지만······."

릴리의 시선에 담긴 걱정이 무엇을 의미하는지 아는지라, 무트는 이를 부득 갈았다. 이게 모두 카이엔 때문이었다. 무트가 고개를 돌려 카이엔을 노려봤다.

"무트 경······."

무트는 아차, 하고는 다시 릴리를 바라보며 미소 지었다.

"괜찮습니다, 아가씨. 정말 괜찮다니까요."

"하지만 저와 대화를 나누면서도 계속 오락가락하시잖아요. 정말 괜찮으신 거 맞죠?"

'커억! 오락가락······!'

뒷목이 뻐근해졌다. 하지만 뭐라 반박할 말이 없었다. 실제로 오락 가락한 것이 맞으니까. 이것도 모두 카이엔 때문이었다. 릴리와의 대화에 집중하다가도 카이엔과 관련된 것만 떠오르면 분노가 치솟아 절로 고개가 돌아갔으니까. 지금처럼 말이다.

"무트 경······."

"허억! 아가씨! 이건 아닙니다! 저 진짜 멀쩡해요!"

무트가 울상을 지었다. 이번에는 결코 릴리와의 대화가 마무리되기 전에는 카이엔을 노려보지 않으리라.

그렇게 긴장감이라고는 요만큼도 없는 분위기가 계속되었다. 그러다 보니 에델슈타인 자작가에 거의 도착했다. 골목 하나만 지나면 대로가 나오고 그 대로를 따라 조금만 걸어가면 자작가였다.

그리고 긴장감이 바닥을 친 순간, 즉, 일행이 골목에서 막 빠져나왔을 때, 근처에 몸을 숨기고 있던 수십 명의 복면인이 날카롭게 벼린 칼을 휘두르며 달려들었다.

기습이었다.

"이놈들이 감히!"

무트가 릴리 앞을 가로막으며 검을 휘둘렀다. 사실 골목에 있을 때부터 이들이 숨어 있다는 것을 알고 있었다. 그렇기에 무트의 반응은 눈부시게 빨랐다.

챙챙챙챙!

무트의 검이 복면 사내들의 칼을 한꺼번에 날려 버렸다. 네 개의 검이 허공을 날아 바닥에 나뒹굴었다. 그와 동시에 칼을 놓친 복면 사내들이 피를 뿌리며 쓰러졌다.

무트의 실력은 엄청났다. 복면 사내들이 제대로 힘도 쓰지 못하고 속절없이 무너져 갔다. 누구도 무트를 지나가지 못했다.

하지만 이들의 노림수는 이게 아니었다.

골목을 이루는 담장 위로 또 다른 복면 사내들이 불쑥불쑥 솟아났다. 그들은 하나같이 병을 하나씩 들고 있었다. 몇 가지 색이 뒤섞인 예쁜 병이었다.

그들이 일제히 병을 던졌다. 카이엔이 나선 것은 그때였다.

"이거 고마워서 어쩌지?"

카이엔이 순식간에 움직여 떨어지는 병을 착착 받아 냈다. 모두 여덟 개나 되는 병이 곳곳에 떨어졌는데, 하나도 놓치지 않고 그걸 다 받아 냈다. 당연히 병도 전혀 깨지지 않았다.

복면 사내들이 입을 쩍 벌렸다. 설마 일이 이렇게 되리라고는 생각도 못 했다. 분명히 허를 찔렀다고 여겼다. 한데 실패할 줄이야.

아니, 거의 동시에 바닥에 패대기치듯 던진 여덟 개의 병을 받아 낸 카이엔이 대단한 것이다. 아마 이건 누구도 해내지 못할 것이다.

복면 사내들이 놀라 멈칫한 사이 티에라가 사제복을 훌렁 벗었다.

검은 사제복이 펄럭이며 허공을 날았다. 그리고 바람을 타고 천천히 내려왔다.

티에라는 그대로 몸을 날려 담장을 타고 올라갔다.

탁탁탁탁.

입을 벌린 복면 사내들의 눈이 휘둥그레졌다. 사제복을 벗은 티에라의 모습은 사내들의 눈을 현혹하기에 충분했다. 그리고 그 대가는 티에라의 주먹과 발이었다.

퍼버버버버벅!

여덟 명의 복면 사내가 거의 동시에 담장에서 떨어졌다. 딱 한 대씩이었다. 그 한 방에 그들은 정신을 잃었다.

티에라는 그렇게 복면 사내들을 처리하고는 가볍게 담장에서 내려왔다. 그리고 그때까지 채 바닥에 닿지 않은 사제복을 착 낚아채 순식간에 다시 입었다.

그야말로 눈 몇 번 깜빡이는 사이 벌어진 일이었다.

그렇게 반터가 부리는 복면 사내들이 모두 죽거나 제압되었다. 여덟 개의 병을 남긴 채.

*　　　*　　　*

딜룬은 한 손으로 반터의 목덜미를 쥐고, 다른 손으로 복면 사내의 목을 꽉 움켜쥔 채 걸음을 옮겼다.

반터는 바닥에 질질 끌려갔고, 복면 사내는 딜룬의 손에 대롱대롱 매달린 채로 괴로운 표정을 지었다.

"크으윽!"

의식이 돌아온 듯 반터가 고통스러운 신음을 흘렸다. 그러자 딜룬이 반갑게 웃었다.

"정신이 좀 들어?"

반터는 좀처럼 정신을 차릴 수 없었다. 온몸이 부서지는 듯했다. 너무 아파서 말을 꺼내기도 어려웠다. 입에서 나오는 건 그저 신음뿐이었다.

"으윽!"

"아직인가 보군. 정신 차리면 말해. 우흐흐흐."

딜룬은 그렇게 말하고는 다시 걸음을 옮겼다. 반트 역시 다시 질질 끌려갔다. 몸 어디가 어떻게 망가졌는지 손가락 하나 움직일 힘이 없었다. 게다가 바닥에 몸이 쓸려 정말로 아팠다.

'크윽! 고작 이 정도 고통을 못 견디다니!'

반터는 고문에 관한 훈련을 오랫동안 해왔다. 웬만한 고통은 고통으로 여기지도 않는다. 한데 지금은 뼛속 깊이 스며드는 고통 때문에 정신이 아득해질 지경이었다.

"크으…… 저, 정신…… 정신……."

"응? 뭐라고?"

딜룬이 걸음을 조금 빨리하며 물었다. 반터의 머릿속이 고통으로 새하얘졌다.

"크으으으윽!"

"아직 정신 못 차렸나 보네. 우흐흐흐."

"크아악! 아닙니다! 정신 차렸습니다!"

그제야 딜룬이 걸음을 멈췄다. 그러고는 아쉬운 눈으로 입맛을 다시며 반터를 내려다봤다.

"차렸어? 조금만 더 가면 이놈이 말한 지부인가 뭔가에 도착하는데 아깝네."

"크흐으으. 제, 제게 무엇을 원하십니까."

반터의 질문에 딜룬이 씨익 웃었다. 그리고 다시 몸을 돌려 걸음을 옮겼다.

"난 또 정신 차린 줄 알았더니. 아직 못 차렸네."

"크아아악!"

결국 반터가 비명을 질렀다. 그 정도로 아팠다. 이건 인간이 버틸수 있는 수준이 아니었다.

그 어떤 고문이라도 웃으며 받을 수 있다고 자신했는데, 고작 땅바닥에 끌리는 고통을 이기지 못한다는 걸 이해할 수 없었다.

"말하겠습니다! 다 말하겠습니다!"

반터는 그렇게 소리쳤다. 자신도 스스로 그렇게 말했다는 걸 믿을수 없었다. 하지만 그럴 수밖에 없었다. 반터의 정신이 걷잡을 수 없이 무너져 갔다.

반터는 일단 엘레나에 관한 얘기부터 꺼냈다. 딜룬은 가만히 서서 웃는 얼굴로 그 얘기를 들었다. 딜룬의 미소는 반터를 더욱 두려움에 빠뜨렸다.

결국 반터는 자신이 아는 모든 걸 꺼내 놓을 수밖에 없었다. 그중에는 우연히 얻은 정보들까지 포함되어 있었다.

딜룬의 입가에 매달린 미소가 점점 짙어졌다.

그렇게 몇 시간을 떠들고 나니 더 이상 할 말이 없었다. 반터는 두려운 눈으로 딜룬을 바라봤다.

"좋은 얘기 잘 들었어. 그럼 어떻게 될지는 알고 있지?"

반터의 표정이 오히려 더 편해졌다. 이미 육체적, 정신적으로 무너진 뒤였기에 죽음을 바라고 있었다. 차라리 죽는 게 나았다. 이렇게 목숨을 부지할 바에는 말이다.

딜룬은 반터가 원하는 대로 해 주었다.

퍽!

생명이 끊어진 반터의 몸이 그대로 허물어졌다.

딜룬은 고개를 돌려 지금까지 목을 제압당한 채로 숨을 헐떡이고 있는 복면 사내를 쳐다봤다.

"자, 이제 네 차례가 되었는데……."

"쿨럭! 저, 저는 안내 중이었습니다! 아직 안내가 다 끝나지 않았습니다!"

복면 사내의 필사적인 외침에 딜룬이 아차 하는 표정을 지었다.

"맞다. 데펙투스! 그걸 구하러 가는 길이었지. 좋아. 안내해. 그걸 구하면 내가 상을 하나 주지. 기대할 만할 거야. 우흐흐흐."

딜룬의 웃음은 어딘가 음흉하고 느끼했지만, 복면 사내의 귀에는 공포가 되어 알알이 박혔다.

　　　　　*　　　*　　　*

　복면 사내가 말한 지부는 빈민가 깊숙한 곳에 있었다. 그곳에는 서른 명이 넘는 복면 사내들이 적을 맞이할 만반의 태세를 갖추고 기다리는 중이었다.

　"저, 저곳입니다."

　딜룬은 히죽 웃으며 손에 든 복면 사내를 문을 향해 던졌다.

　꽈광!

　문이 박살 나며 복면 사내가 안으로 튕겨 들어갔다. 그러자 그에게 수많은 칼날이 쏟아졌다.

　퍼버버벅!

　복면 사내는 비명도 지르지 못하고 절명했다. 그제야 자신이 동료를 난자했다는 사실을 깨달은 사내들이 눈을 희번덕거리며 딜룬을 노려봤다.

　딜룬은 살기 어린 시선을 맞으며 기분 좋게 웃었다.

　"바로 이거야. 이 살기, 이 투기. 이제야 다시 살아나는 것 같구나. 게다가 이 향기로운 어둠의 기운. 정말 기분 좋은 하루야. 우흐흐흐."

　딜룬이 성큼 앞으로 걸어갔다. 순식간에 거리를 좁혀 문 앞에 도착한 딜룬이 안으로 손을 쑥 밀어 넣었다.

　콰콰콰콰!

　딜룬의 손에서 칼날 같은 바람이 휘몰아쳤다. 그 바람은 문 안쪽에 있던 사내들을 일제히 날려 버렸다. 죽은 사람은 한 명도 없었다. 다만 다쳤을 뿐이었다.

"우흐흐흐. 그럼 들어가 보실까?"

딜룬은 부서진 문의 잔해를 발로 슥슥 밀어 치우고는 안으로 들어갔다.

서른 명이 넘는 복면 사내들이 바닥에 널브러져 있었다. 다들 정신을 잃은 상태였다. 딜룬은 그 한가운데 서서 주위를 슥 둘러봤다. 그리고 발을 강하게 굴렀다.

쿵!

바닥이 세차게 흔들렸다. 정신을 잃은 복면 사내들이 깨어날 정도로 말이다.

딜룬은 정신을 차린 복면 사내들의 목을 움켜쥐고 방 한쪽 구석에 그들을 휙휙 던졌다.

퍽! 퍽! 퍽!

제대로 몸에 힘이 들어가지 않은 상황에서 벽에 부딪히니 온몸이 부서질 듯 아팠다.

"크으윽."

저마다 신음을 흘리며 고개를 흔들어 정신을 가다듬었다. 그리고 딜룬을 노려봤다. 그런 그들의 눈을 마주하며 딜룬이 음흉한 미소를 지었다.

"우흐흐흐. 맛있어 보이는 놈들이로군."

사내들의 몸에는 어둠의 기운이 쌓여 있었다. 쉽게 알아차리기 어려울 정도로 은밀히 감춰져 있었지만 딜룬의 감각을 피할 수는 없었다.

"네놈이 무사히 여길 빠져나갈 수 있을 것 같으냐?"

복면 사내 중 하나가 씹어 먹을 것 같은 눈으로 딜룬에게 소리쳤다.

딜룬이 이를 드러내며 웃었다.

"왜? 동료라도 불렀어?"

딜룬의 표정에 나타난 것은 순수한 기대감이었다. 또 한바탕 질펀하게 싸울 수 있다는 생각에 얼굴이 환해졌다.

복면 사내는 대답하지 않고 딜룬을 노려봤다. 딜룬의 말대로 지금 동료들이 달려오는 중이었다. 상대가 강하긴 하지만, 지금 달려오는 자들은 다크나이트였다.

다크나이트는 조직의 무력을 담당한다. 어둠의 기운을 차곡차곡 쌓은 그들의 힘은 엄청났다.

'다크나이트 다섯이면 슈베르트 백작도 상대할 수 있어. 저런 뚱땡이쯤은⋯⋯.'

이곳 지부에 소속된 다크나이트는 열 명이었다. 그리고 지금 그 열 명이 모두 달려오고 있었다.

"우흐흐흐. 좀 빨리 왔으면 좋겠는데⋯⋯."

잠시 후, 열 명의 다크나이트가 도착했다. 그들은 다짜고짜 뛰어들어 검을 휘둘렀다. 동료의 안위를 전혀 생각지 않은 공격이었다.

후웅! 후웅! 후웅! 후웅!

시커멓고 커다란 검이 허공을 마구 갈랐다. 열 개나 되는 검이 사방에 휘몰아쳤지만 누구도 다치지 않았다.

이미 제압된 조직원은 구석에 차곡차곡 쌓여 있었고, 딜룬은 산책이라도 나온 사람처럼 가벼운 움직임만으로 그 모든 공격을 피해 냈다.

"이거 너무 싱거운데? 뭐 이리 약해?"

딜룬은 그렇게 중얼거리며 손을 휙휙 휘둘러 다크나이트들의 뒤통수를 후려쳤다.

빡! 빡! 빡! 빡!

뭔가가 박살 나는 소리가 연달아 울렸다. 그리고 열 명의 다크나이트가 바닥에 차례로 엎어졌다.

"뭐야, 이게 다야? 더 없어?"

딜룬은 자빠진 다크나이트들을 발로 뻥뻥 찼다. 그들 역시 미리 쌓여 있던 복면 사내들 위에 차곡차곡 엎어져 쌓였다.

모두 처리한 딜룬은 손바닥을 탁탁 털면서 쌓여 있는 복면 사내들을 바라봤다. 씨익 올라가는 딜룬의 입꼬리가 어딘가 섬뜩해 보였다.

"가만있자…… 딱 보니 네가 대장이로군."

딜룬은 성큼성큼 걸어가 중간쯤 끼어 있는 사내를 꽉 잡고 확 당겨 빼냈다.

투두둑!

놀랍게도 딱 그 사람 하나만 빠져나왔다. 나머지는 다시 내려앉아 그대로 쌓여 있었다.

딜룬은 복면 대장을 휙 던졌다.

쿠당탕!

복면 대장이 바닥을 구르며 신음을 흘렸다.

"크으윽!"

어마어마한 통증이 밀려왔다. 너무 고통스러워서 정신이 번쩍 들었다.

"정신이 좀 들어? 우흐흐."

복면 대장은 억지로 눈을 뜨고 딜룬을 바라봤다. 분노가 치솟았지만 꾹 눌러 참았다. 지금은 그럴 때가 아니었다.

"대체…… 대체 우리에게 왜 이러는 거요?"

"그걸 왜 나한테 물어? 먼저 시작한 건 너희 아닌가? 우흐흐흐."

복면 대장은 어이없다는 표정을 지었다. 하지만 이내 굳은 표정으로 입을 꾹 다물었다. 지금 그게 뭐가 중요한가.

"할 말은 그것뿐이야?"

"원하는 게 뭐요?"

딜룬은 그제야 기다렸다는 듯 손가락 하나를 세우며 말했다.

"데펙투스."

"그, 그건……!"

"그래도 모른척하지는 않네."

딜룬은 그렇게 말하며 주먹을 꽉 쥐었다.

파지직!

검은 뇌전이 일어나 딜룬의 주먹을 몇 차례 감싸며 파직거렸다.

"한 대 맞을래? 아니면 데펙투스 가져올래?"

복면 대장은 두려운 눈으로 딜룬의 주먹을 바라보며 침을 꿀꺽 삼켰다.

"가, 가져오겠습니다."

그렇게 대답을 했지만 난감하기 그지없었다. 솔직히 데펙투스는 자신의 역량을 벗어난 물건이었다. 가져오고 싶다고 마음대로 가져올 수 있는 그런 것이 아니었다.

"저…… 아르쿠스로 대체하시면 안 되겠습니까?"

아르쿠스라면 제공이 가능했다. 물론 수량에 한계는 있었지만 말이다.

"검은 악마에게 아르쿠스를 먹이지 마라!"

"예?"

"그래서 데펙투스가 필요하다는 말이야. 우흐흐흐."

"하, 하지만……."

"아무래도 일단 한 대 맞고 시작하는 게 더 빠를 것 같군."

딜룬이 주먹을 높이 치켜들었다. 그러자 복면 대장이 빠르게 소리쳤다.

"데펙투스를 구하려면 저도 대가가 필요합니다!"

그제야 딜룬이 손을 내리며 물었다.

"대가? 돈을 말하는 건가?"

복면 대장이 고개를 끄덕였다.

"예. 좀…… 많이 필요합니다."

딜룬이 씨익 웃었다. 돈이 왜 필요한가. 자신에게는 돈보다 더 좋은 게 있는데 말이다.

"가자."

"예?"

"데펙투스가 있는 곳으로 가자고. 내가 직접 달라고 하지."

딜룬은 그렇게 웃으며 복면 사내들과 다크나이트들이 쌓인 곳을 향해 손을 가볍게 휘둘렀다.

파지지지직!

검은 뇌전이 그들을 휘감았다.

빠지지지지직!

그렇게 수십 명의 사내가 단숨에 구워졌다. 놀랍게도 그들이 품고 있던 어둠의 기운을 흡수한 뇌전이 더욱 큰 파괴력을 발휘했다.

"어차피 쓸모없는 놈들이잖아? 괜찮지? 내 선물이야. 우흐흐흐."

복면 대장은 침을 꿀꺽 삼키며 딜룬을 바라봤다. 지독한 두려움이 심장을 꽉 움켜쥐었다.

Chapter 12
아르쿠스의 위력

일행은 한 차례 습격을 받은 후로는 별다른 어려움 없이 에델슈타인 자작가에 도착했다.

습격했던 자들은 다들 어디 한 군데가 부러지거나 목숨을 잃은 채로 압송되었다.

"크흠. 무사히 도착했군요. 그놈들의 배후가 밝혀지면 제가 싹 쓸어버리겠습니다. 그러니 염려하지 마십시오, 아가씨."

무트의 어깨가 한껏 올라갔다. 오늘 가장 큰 활약을 한 사람은 단연 무트였다. 티에라도 적을 물리쳤지만, 고작 여덟 명에 불과했다. 반면 무트는 수십 명의 적을 혼자서 박살 냈다.

적의 실력이 어느 정도였는지는 중요치 않았다. 혼자서 수십 명을 부수고 릴리를 지켜 냈다는 점이 중요했다. 적어도 무트에게는 그랬다.

"무트 경 덕분이에요. 정말 고마워요."

"크흐흠! 제가 뭐 한 일이 있다고 그러십니까. 크흠!"

그렇게 겸손을 담아 말하는 무트의 입꼬리는 이미 귀에 닿아 있었다. 오늘 일을 여기저기 말하고 싶어서 안달이 난 듯했다.

그런 무트의 모습을 본 릴리가 손으로 입을 가리고 작게 웃었다.

"후훗."

릴리는 즐거운 표정으로 무트를 바라보며 말했다.

"어쨌든 고생 많이 하셨으니 이제 좀 쉬세요. 피곤하시죠?"

무트가 손을 들어 팔뚝에 힘을 꽉 주며 말했다.

"멀쩡합니다. 이 무트, 고작 그따위 피라미 몇 마리 처리했다고 피곤할 정도로 약하지 않습니다. 으하하핫!"

무트는 그 뒤로도 세 번이나 자신의 활약을 강조했다. 그러는 사이 일행은 각자의 방으로 흩어졌다.

카이엔은 방으로 들어가다가 뒤돌아 에르미스와 티에라를 쳐다봤다.

"어디까지 따라올 생각이지?"

"딜룬 경이 올 때까지만 함께 있어도 괜찮죠?"

에르미스가 부드럽게 미소 지으며 말하자, 티에라도 질 수 없다는 듯 서둘러 말했다.

"절 떼 놓을 생각은 마세요. 그걸 받을 때까지는 절대 떨어지지 않을 테니까요."

티에라의 말에 에르미스가 의아한 표정으로 바라봤다. 대체 뭘 받겠다는 뜻일까?

"자자, 일단 안으로 들어가자고요. 여기 서서 괜한 소문 양산하지 말고요."

티에라가 카이엔과 에르미스의 등을 떠밀다시피 해서 방으로 들어갔다.

그 광경을 조금 떨어진 곳에 있던 시녀들이 고스란히 보고 있었다. 티에라의 말대로 새로운 소문이 만들어져 저택 곳곳을 누비고 다녔다.

방에 들어간 카이엔은 일단 소파로 가서 편안히 앉았다. 카이엔의 방에는 소파가 한 개뿐이었기에 티에라와 에르미스가 앉으려면 카이엔 옆에 바짝 붙어야만 했다. 그래서 두 여인은 그저 가만히 서 있었다.

"그렇게 서 있지 말고 아무 데나 앉지그래?"

카이엔의 말에 두 여인은 방 안을 살폈다. 앉을 데가 없는 건 아니었지만 카이엔이 앉은 소파에서 제법 떨어진 곳이라 거기 자리를 잡으면 대화를 나누기가 불편할 듯했다.

두 여인이 잠시 머뭇거렸다. 카이엔은 이내 그녀들에게서 시선을 거두고 품에서 여덟 개의 병을 꺼냈다.

투명한 병에 색색의 액체가 채워져 있었다. 서로 섞이지 않고 각자의 색을 발하는 그 모습이 아름다우면서도 기묘했다.

"그게 아까 그건가요?"

티에라가 눈을 빛내며 물었다. 아까 카이엔의 모습이 떠오른 것이다. 당시 카이엔의 몸놀림은 상상을 초월했다.

'내가 그 입장이었으면 두 개도 제대로 받아 내지 못했을 거야.'

당시 복면 사내들은 있는 힘껏 바닥에 병을 던졌다. 담장 위에서 던진 데다가 그들의 힘 또한 일반인보다 월등히 뛰어났기 때문에 병이 떨어지는 속도는 엄청났다.

한데 그렇게 빠르게 떨어진 병 여덟 개를 모조리 잡아낸 것이다. 그것도 듬성듬성 거리를 두고 떨어진 병을 말이다.

"대체 그게 뭘까요? 독 같은 거겠죠?"

어느새 한 발 다가온 에르미스가 호기심을 보이며 물었다.

"아르쿠스라는 독이다."

"아르쿠스?"

"일곱 가지 색으로 이루어진 독인데 색이 하나 더해질 때마다 독성이 강해지는 특징이 있지."

티에라와 에르미스는 멍하니 카이엔의 설명을 들었다. 저 사람은 대체 어디서 저런 지식을 얻었을까?

"좀 자세히 볼 수 있을까요?"

티에라의 말에 카이엔은 두 여인에게 각각 한 병의 아르쿠스를 건넸다.

"아름답네요."

병 속에서 천천히 움직이는 색색의 선은 은은한 빛까지 머금고 있어서 말로 형언할 수 없을 정도로 신비롭고 아름다웠다.

"한데 색이 네 가지밖에 없네요."

"세 가지는 벌써 썼거든."

"예? 썼다고요? 언제요?"

에르미스가 깜짝 놀라 카이엔을 바라봤다. 만일 그렇다면 누군가 독에 당했을 수도 있다는 뜻 아닌가.

"아까 글란츠 상단에 오갈 때 받은 습격이 그걸 위한 거였지."

"예? 그럼……."

에르미스와 티에라의 표정이 살짝 창백해졌다. 그렇다면 일행 중 누군가가 중독되었을 수도 있었다.

"어서 가 봐야겠어요! 혹시라도 릴리 님이나 무트 경이 중독되었으면 큰일이잖아요!"

카이엔은 허둥대는 에르미스와 티에라를 보며 손을 들었다.

"기다려. 갈 필요 없어. 아무도 중독되지 않았으니까."

"그걸 어떻게 확신하죠?"

카이엔이 씨익 웃었다.

"내가 싹 마셨거든. 하나도 남김없이."

에르미스와 티에라의 표정이 멍해졌다. 그리고 이내 경악했다.

"그럼 더 큰일이잖아요! 이를 어쩌지?"

티에라가 화들짝 놀라 소리치고는 에르미스를 바라봤다. 해독을 위해서는 특별한 성력이 필요했다. 그리고 그건 티에라에게 없는 힘이었다.

"도와주세요."

티에라의 말에 에르미스가 고개를 끄덕였다.

"그렇게 부탁하지 않아도 하려고 했어요."

에르미스가 카이엔을 향해 양손을 들어 올렸다. 성력을 퍼부어 카이엔이 흡수한 독기를 제거하기 위함이었다.

"기다리라니까? 뭐가 그리 급해?"

"중독되셨다면서요! 어떻게 안 서둘러요!"

티에라가 소리쳤다. 그리고 에르미스의 손에 새하얀 빛이 어리기 시작했다.

카이엔은 자리에서 일어나 에르미스의 양손을 덥석 잡았다. 에르미스가 깜짝 놀라 눈을 크게 뜨고 카이엔을 바라봤다.

에르미스는 자신도 모르게 침을 삼켰다. 왠지 모르게 온몸이 긴장으로 굳어졌다.

놀라서 그랬는지 아니면 다른 이유가 있었는지 어느새 에르미스의 손에 어렸던 성력이 흩어졌다. 아니, 정확하게 말하자면 다시 에르미스의 몸으로 돌아가 버렸다.

잠시 침묵이 흘렀다. 그 침묵을 깬 것은 옆에서 지켜보던 티에라였다.

"대체 어쩌시려고 이러는 거예요? 에르미스 양이 치료할 수 있다잖아요!"

그제야 정신을 차린 에르미스가 얼른 손을 뺐다.

"어차피 나한테는 효과가 없는 독이야."

"예? 그런 게 어디 있어요!"

"여기."

카이엔은 그렇게 말하고는 몸을 돌려 한쪽에 놓인 테이블로 걸어갔다. 에르미스와 티에라는 그저 멍하니 카이엔이 하는 양을 지켜봤다.

카이엔은 테이블 위에 있던 커다란 물병을 들고 그 안에 있던 물을 창밖으로 쏟아 버렸다. 그리고 품에서 독이 든 병을 꺼내 테이블 위에 착착 올렸다.

"그것도 가져와."

카이엔의 말에 두 여인이 머뭇머뭇 다가가 테이블 위에 병을 놓았다. 대체 카이엔이 뭘 하려는 건지 이젠 두려울 지경이었다.

카이엔은 모든 병의 뚜껑을 열고 물병에 독을 쏟아 부었다. 콸콸콸 소리를 내며 아르쿠스가 물병을 채워갔다.

병 하나하나는 작았지만, 그것이 여덟 개나 되니 양이 제법 많았다.

에르미스와 티에라는 그때까지 멍하니 그 광경을 지켜보다가 카이엔의 다음 행동에 소스라치게 놀랐다.

"무슨 짓이에요!"

"안 돼요!"

두 여인의 외침에도 아랑곳하지 않고 카이엔은 물병에 든 아르쿠스를 한 방울도 남기지 않고 꿀꺽꿀꺽 마셔 버렸다.

"크으. 이 맛, 진짜 오랜만이로군."

아르쿠스의 알싸한 맛이 입 안에 감돌았다. 하지만 이내 사라져 버렸다. 모든 아르쿠스가 식도를 타고 넘어간 것이다.

위장에 머문 붉은 독 때문이었다.

붉은 독은 다른 색의 독을 끌어당기는 힘이 있었다. 그렇기에 붉은 독이 가장 중요했다.

카이엔의 뱃속에서 네 가지 색 독이 붉은 독과 만났다. 그리고 그대로 융합되었다. 그것은 보라색 독의 위력이었다.

보라색 독이 가장 강력한 이유는 붉은 독과 융합하기 때문이었다. 그렇게 합해진 독은 기존 다른 독보다 수백 배나 강력했다.

"이거 화끈화끈한데?"

양이 상당히 많았는지라 뱃속이 화끈거렸다. 하지만 그뿐이었다. 아르쿠스는 카이엔에게 전혀 해가 되지 않았다.

너무나 자연스럽게 그것을 어둠과 빛으로 나누는 작업이 시작되었다. 어둠의 힘은 더욱 깊은 카이엔의 어둠에 스며들었고, 남은 빛의 힘은 카이엔의 몸을 맴돌았다.

카이엔의 몸에서 희미한 빛이 흘러나오기 시작했다.

에르미스는 멍하니 카이엔을 바라봤다. 그녀는 태양의 신 일리오스의 사제, 누구보다 빛의 힘에 민감했다. 한데 카이엔의 몸에서 흘러나오는 것은 명백한 빛의 힘이었다.

"이건…… 일리오스 교단의 빛과는 느낌이 좀 다르네요."

뒤에서 들려오는 티에라의 말에 퍼뜩 정신을 차린 에르미스는 다시 카이엔을 바라봤다. 흘러나오는 빛의 힘이 점점 더 짙어지고 있었다.

"믿을 수가 없네요…… 이건 분명히 성력에 가까운 힘인데……."

성력 샤워를 하면 이럴까? 카이엔이 내뿜는 빛의 기운은 그야말로 신성했다.

"대체 어떻게 된 일일까요?"

"아르쿠스라는 독이랑 연관이 있을 것 같긴 한데…… 잘 모르겠네요."

화아아악!

눈이 부실 정도로 강렬한 빛이 흘러나왔다. 그 빛을 받은 에르미스

와 티에라는 지그시 눈을 감았다. 신성한 빛의 힘이 온몸을 기분 좋게 쓰다듬어 주었다.

'따뜻해……'

따스하고 부드러웠다. 그리고 몸속에 잠들어 있던 각자의 성력이 카이엔이 흘리는 빛의 힘과 만나 꿈틀거리기 시작했다.

처음에는 당황했지만 빛이 주는 따스한 느낌에 그냥 가만히 지켜보기만 했다. 처음에는 그저 출렁이는 느낌이었다. 하지만 조금 지나니 이내 파도처럼 거칠게 움직이다가 회전을 시작했다.

맹렬히 회전하는 성력이 몸에 스며드는 빛을 빨아들였다. 그렇게 빛을 받아들일수록 성력이 점점 커졌다.

그렇게 얼마나 시간이 흘렀을까. 카이엔의 몸에서 흘러나오던 빛이 천천히 잦아들었다. 그러더니 이내 완전히 사라져 버렸다.

하지만 빛이 사라졌다고 해서 두 사제의 몸속에서 회전하던 성력이 금방 멈추지는 않았다. 물론 서서히 속도가 줄어들기는 했다.

에르미스와 티에라는 지그시 눈을 감은 채로 성력이 안정되는 과정을 찬찬히 지켜봤다.

그 과정은 그녀들에게 많은 것을 깨닫게 해 주었다. 성력에 대해 조금 더 이해가 깊어졌다. 또한 그들이 모시는 신의 힘이 얼마나 대단한지 알 수 있었다.

두 여인은 동시에 눈을 떴다. 눈을 뜨자마자 보인 것은 빙긋 웃고 있는 카이엔이었다.

"좋았어?"

카이엔의 물음에 두 여인이 동시에 얼굴을 붉히며 고개를 끄덕였다. 모르는 사람이 봤으면 오해하기 딱 좋은 상황이었지만, 다행히 이 방에는 그들뿐이었다.

"그분이 얼마나 절 사랑하시는지 깨달았어요."

에르미스가 기분 좋은 미소를 지으며 말했다. 그녀는 이번 일을 통해 일리오스에 한 발 더 다가간 느낌이 들었다. 이건 쉽게 겪을 수 있는 경험이 아니었다.

카이엔은 에르미스의 말을 듣고는 고개를 끄덕였다. 그리고 이번에는 고개를 돌려 티에라를 바라봤다.

티에라는 쉽게 입을 열지 않았다. 그저 생기 넘치는 미소만 지을 뿐이었다. 그녀의 몸에서 뿜어져 나오는 생기가 훨씬 더 짙어졌다. 그리고 그녀의 아름다움이 여과 없이 투사되었다. 가이아의 장막이 그 힘을 제대로 발휘하지 못하는 것이다.

"아무래도 그건 손을 좀 봐야 할 것 같군."

"예? 뭘요?"

카이엔이 티에라의 사제복을 손가락으로 가리켰다.

"지금 벗으면 해 주지."

이 역시 오해하기 딱 좋은 말이었다. 옆에서 그 말을 들은 에르미스의 얼굴이 새빨갛게 물들었다.

"자, 잠깐만요! 그런 걸 하시려면 제가 나간 다음에……."

에르미스의 말이 채 끝나기도 전에 티에라가 사제복을 훌렁 벗었다. 에르미스는 당황해서 그대로 입을 다물었다.

"여기 있어요."

티에라는 사제복, 가이아의 장막을 카이엔에게 내밀었다. 그녀의 눈에는 기대감이 어려 있었다.

사실 성물을 활성화시킨다는 것이 뭔지도 몰랐다. 일단 그게 뭔지 궁금했고, 그걸 거치면 가이아의 장막이 과연 어떻게 변할지 기대됐다.

카이엔이 사제복을 받아 들자, 그제야 자신이 뭔가를 오해했다는 걸 깨달은 에르미스의 얼굴이 더욱 빨개졌다.

카이엔은 그런 에르미스를 향해 빙긋 웃어 주었다. 에르미스의 얼굴이 거기서 더 빨개졌다. 하지만 그것도 잠시, 이내 호기심 어린 눈으로 카이엔을 바라봤다.

카이엔은 가이아의 장막을 들고 다시 소파로 돌아가 등을 기대고 앉았다. 그러고는 그것을 꾸깃꾸깃 구겨 두 손으로 꽉 쥐었다.

그걸 본 티에라가 기겁했다. 설마 저렇게 함부로 다룰 줄은 몰랐다. 물론 티에라도 좀 험하게 다루긴 하지만 저 정도는 아니었다. 아무리 그래도 저건 성물이었다.

"그걸 그렇게 다루시면 어떡해요! 그건······!"

티에라는 말을 잇지 못했다. 카이엔의 손에 모여든 새까만 기운 때문이었다. 그것은 한없이 불길하고 음습했다.

"어두워······."

에르미스와 티에라가 자신도 모르게 중얼거린 말이었다. 정말로 어두웠다. 그 어둠이 너무 깊고 까매서 한 발도 다가갈 수 없었다.

헬게이트를 통해 마계에 가면 저런 어둠이 가득할까? 아니, 마왕이 강림하면 저런 어둠을 뿌릴까?

두 여인은 사고가 정지해 버렸다. 더 이상 아무 생각도 할 수 없었다. 어마어마한 두려움이 엄습했다. 어둠이 주는 근본적인 공포의 힘이었다.

두 여인이 어둠의 나락으로 떨어지기 직전, 놀라운 일이 벌어졌다.

화아아아아악!

카이엔이 힘주어 쥐고 있던 가이아의 장막이 엄청나게 밝은 빛을 뿜어냈다.

그건 조금 전 카이엔이 아르쿠스를 먹고 흘린 빛과는 차원이 다를 정도로 밝고 성스러웠다. 바로 가이아의 빛이었다.

티에라가 자신도 모르게 무릎을 꿇고 앉아 기도를 시작했다. 마치 가이아가 바로 앞에서 머리를 쓰다듬어 주는 것 같았다. 하마터면 눈물을 흘릴 뻔했다.

그것은 에르미스도 마찬가지였다. 물론 일리오스와는 근본적으로 약간 다른 느낌이었기에 무릎을 꿇고 기도를 드리지는 않았지만 흡사 한없이 넓은 바다에 몸을 맡긴 듯했다.

어느새 카이엔은 가이아의 장막을 펼쳤다. 전과 달라진 건 하나도 없었다. 하지만 분명히 달라졌다.

어느새 기도를 마치고 눈을 뜬 티에라는 멍하니 가이아의 장막을 바라봤다.

"이것이…… 활성화로군요."

분명히 느낄 수 있었다. 예전의 장막은 진짜가 아니었다. 이게 진짜였다.

티에라는 문득 뭔가가 떠올라 눈을 크게 뜨고 카이엔을 바라봤다.

"설마 징벌도……."

카이엔이 씨익 웃으며 고개를 끄덕였다. 징벌은 굳이 이렇게 강제로 활성화할 필요가 없었다. 마계에서 아주 자연스럽게 깨어났으니까.

카이엔은 가이아의 장막을 내밀었다. 티에라가 그것을 조심스럽게 받아 입었다. 그리고 잠시 희열에 몸을 떨었다. 온몸에 성력이 충만했다. 가이아의 장막이 가진 진짜 힘을 이제야 알 수 있었다.

"어때? 좀 쓸 만한 것 같아?"

티에라가 환하게 웃으며 고개를 끄덕였다.

"정말 고마워요."

카이엔도 기분 좋게 고개를 끄덕였다.

"그래. 그런데 설마 그게 끝이라고 생각하는 건 아니지?"

"예? 그게 무슨 말씀인가요?"

"자그마치 가이아의 성물인데 활성화가 고작 한 단계만 있을 거라고 생각했어?"

그 말을 들은 티에라의 표정이 멍해졌다.

대체 이 사람의 정체가 뭘까?

〈다음 권에 계속〉